ANGEL STORY

もう一つの創世記

八百原起也

YAOHARA TATSUYA

幻冬舎MC

Angel Story
もう一つの創世記

目次

前編

後編

第3章　光と闇の戦い（II）

第4章　最後の決戦。人間たちによる建国

［主な登場人物］

光の神　宇宙の創造主。兄弟天使ルシフェルとミカエルの父。アダムとイヴの創り主。アダムとイヴに地球を統治させるために二人が大人になるまで守護し教育するようにと双子の息子ルシフェルとミカエルを地球に遣わせる。

闇の神　宇宙の創造を成し遂げた光の神に嫉妬し恨みと怒りをつのらせる。星々の中でも特に美しい地球が気に入り、我が物にするために女神（アラディア）の姿をとって地球に降り立つ。ルシフェルを巧みに取り込んで配下に置き、ミカエルたちの行動を妨害する。

ルシフェル　光の神の双子の兄。後の「闇の王ルシファー」。光の神の命を受け、アダムとイヴを守護するために弟のミカエルと共に天界から地球に派遣されるが、闇の女神アラディアの巧妙な策略にはまり、その手下となってミカエルと敵対するようになる。

ミカエル　光の神の双子の弟。兄のルシフェルと敵対するようになってからも、忠実で頼もしい側近たちと共に闇の勢力を打ち砕く。

アダムとイヴ　光の神が天界のクヌムの森に棲む天使に命じて創らせた「人間」。

ラジエル　ミカエルの側近。頭脳明晰。この物語を書き残した書記官。ミカエルと共に闇の神の勢力に立ち向かいアダムとイヴを守っていく。

ガブリエル　ミカエルの側近。天真爛漫な元気者。ラジエル同様、ミカエルにとってなくてはならない存在。

ヤハウェ　神の言葉を語る（伝言する）天使。神より託されてエデンの丘の生命の樹の果実を管理している。手から出るエネルギーには傷や病を癒やす力がある。

ガイア　天使ヤハウェと共にエデンの丘を管理している女神。ヤハウェ同様、手から出るエネルギーで傷や病を癒やすことができる。

ウリエル　ミカエル側の勇敢で有能な戦士。弓の名手で戦略にも長けている。

ラファエル　ミカエル側の勇敢で有能な戦士。あらゆる方面の知識を持っている。

ラグエル　ミカエル側の勇敢で有能な戦士。戦術においては誰にも負けない強さを持っている。

メタトロン　ミカエル側の勇敢で有能な戦士。多くを見る目を持っており、怒りが身体を覆うと神よりも巨大な力を持つといわれている。

アラディア　闇の神が変身した女神。ソフィアの母。地球を我が物にするために巧妙な策略でルシフェルを取り込み、ミカエルの前に立ちはだかる。

ソフィア　宮殿の女性神官。闇の女神アラディアの娘。アラディアが前神官を籠絡《ろうらく》して生んだ子。

サマエル　ソフィアとルシフェルの子。後の「闇の王子サタン」。母ソフィアに仕える女神リリスに好意を抱いている。ルナとしての仮の姿を持つ。

サマエルの口から出た無数の卵（ルシフェルの子供たち）　アザゼル、ベルゼブブ、インキュバス（オズワルド）、サッキュバス（レイ）、リヴァイアサン、ケルベロス、アモン。ほかに無数の闇の天使や女神となってミカエルたちの前に立ちはだかる。

リリス　ソフィアに忠実に仕える女神。闇の神アラディアが復活のため姿を借りる。

イブリース　大天使一の勇者。闇の女神アラディアに籠絡されてベリアルの父となる。ルシフェルと共にミカエルたちに敵対する。

ベリアル　闇の女神アラディアとイブリースの子。

カインとセト　アダムとイヴの息子。闇の神の勢力が滅んだ後、地球の建国に貢献する。

アベル　サタンとイヴの子。

オズワルド　インキュバスが変身した人間。

レイ　サッキュバスが変身した人間。

Angel Story 相関図

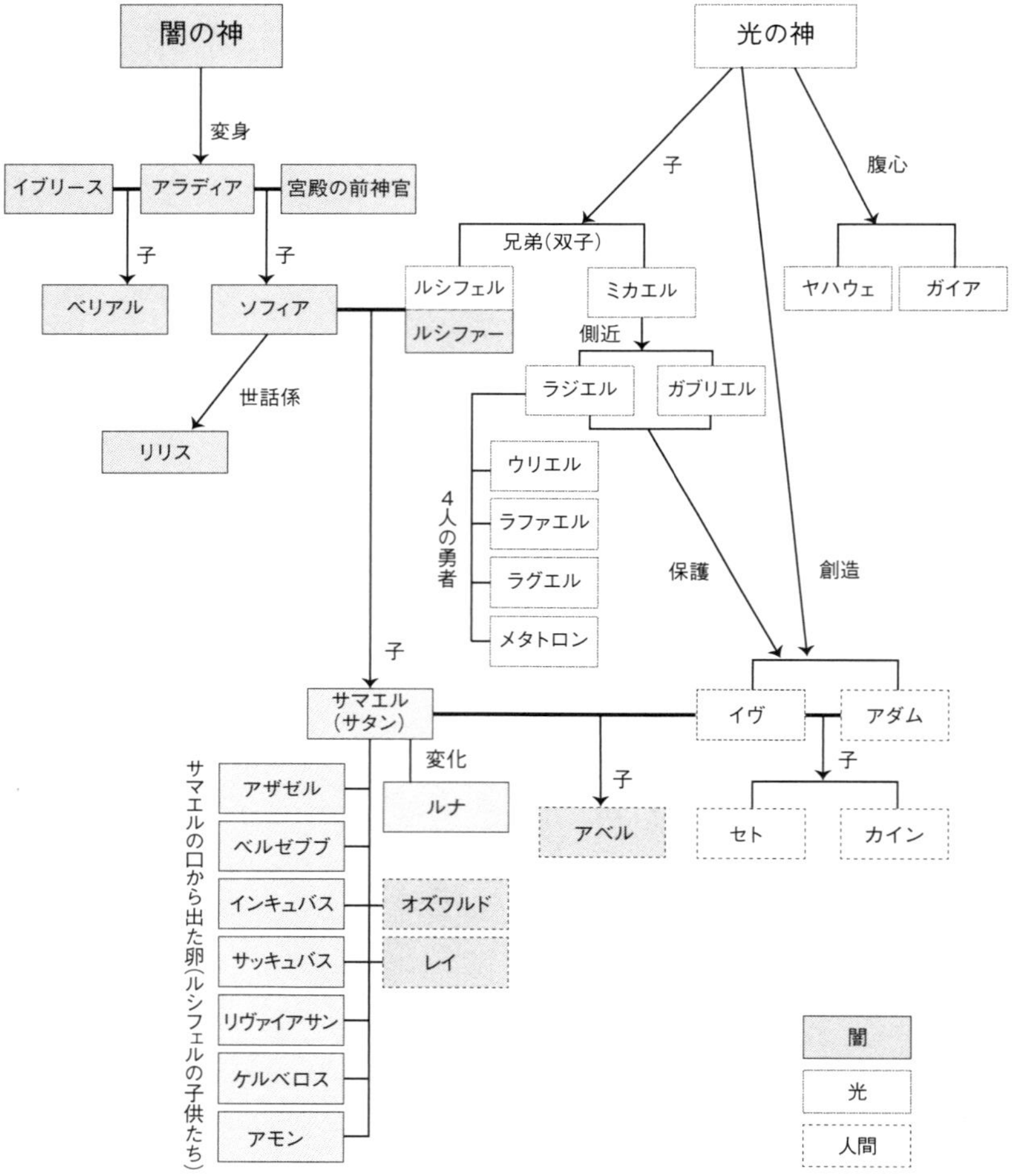

前編

序

辺り一面が黄金色に輝いている。
どこまでも続く甘美な世界。
柔らかく流れる風、心地よいせせらぎの音。
すべてが眩《まばゆ》く、すべてが安らいでいる。

私は大天使ラジエル。
美しい永遠なる天界のすべてを記《き》する者。
すべてが美しく、優しく包み込まれる新たなる天界（地球）に私はいる。

愛を囁《ささや》き、音楽を奏で、黄金色に輝く稲穂はそよ風に揺れている。
川は穏やかに流れ、大地を潤し、生命を豊かに育んでいる。
とこしえに続く安らぎの世界。

その姿を後世に伝え残すべく、私はすべてを書き留める。

私は、この栄華は永遠に終わることがないと思っていた。

闇が歯車を狂わせさえしなければ……。

だが私の思いは瞬く間に崩れ去った。

事の顛末を私はここに記しておく。


物語は真珠色に輝く天使と漆黒に輝く天使が天空に現れたところから始まる。

ひとときの沈黙が流れた。ただならぬ不穏な雰囲気の中、天使たちは互いに背を向け、姿を消した。突然大きな雷鳴が轟いたかと思うと大嵐が巻き起こり、安らぎに満ちた世界は暗闇の世界へと一変した。

大空は無数の純白の天使たちと漆黒の天使たちで覆いつくされ、私は今まで感じたことのない恐怖と不安を覚えた。これから始まるであろう何か途方もないことが予感され、私の心は凍《い》てついた。


その時、天が砕けるような轟音《ごうおん》が聞こえた。

天使たちは白黒に分かれて激しくぶつかり合った。ラッパの音を合図に矢が一斉に放たれた。

互いに一歩も引かず、力の限り剣を振りかざして戦った。削がれた羽が方々に飛び散り、肉が裂け、骨が砕けた。血の雨が降り注ぎ大地を真っ赤に染めた。息絶えた天使たちが次々に堕ちてきた。のどかで美しい風景が一転、阿鼻叫喚の地獄絵図となった。

ラッパの音もけたたましさを増し、戦いはさらに過熱していった。剣と剣がぶつかり合い、火のついた矢が飛び交った。翼をもがれた者、腕を切り落とされた者、恐怖のあまり怯えた表情のまま息絶えた者たちの屍《しかばね》で、辺りは瞬く間に覆われていった——。何とも惨《むご》たらしい光景。


目の前で繰り広げられている壮絶な戦い。

私は驚きと恐怖で力が抜けてしまい、女神ガイアに支えられながら木の陰に隠れた。

何があっても私はこの目に映るすべてを書き記し後世に残さねばならない。


無数の断末魔の叫び声が天空に響き渡った。私は初めて感じる恐怖に身体がこわばり、涙があふれた。女神ガイアも恐怖で震えていた。仲間同士の終わることのない殺戮《さつりく》——。虚しさが辺りに広がった。

その時、真珠色に輝く大きな翼を持った天使が叫んだ。

「我が名はミカエル。反乱する者どもよ、今すぐ降伏せよ！」

それに応えるかのように、漆黒《しっこく》に輝くひときわ大きい翼を持った天使が叫んだ。

「我が名は闇の王ルシファー。我らは愚かなるそなたたちに降伏はせぬ！」

「なぜだ、兄さん！　なぜ神に背き、我らを陥れようとする！」

顔を歪め、吐き出すように言うミカエルにルシファーは答えず、ミカエルに飛びかかるとその美しい顔めがけて大刀《だいとう》を振り下ろした。その刃を寸前で受け止めたミカエルが叫んだ。

「答えよ、我が兄ルシフェル！　なぜなんだ！」

ルシファーは表情ひとつ変えず、ミカエルを攻め続けた。

第1章 光の神が創った世界

1－1 宇宙創世

遠い遠い昔、闇だけが存在する世界に一つの光が誕生した。
光は闇と調和を取り、すばらしい旋律を作った。
光の神と闇の神が自我を持ち、一つの力が生まれ大きく膨らんだ。
膨張した力はどこまでも広がり、大爆発を起こした。
光と闇の壮大な美しき世界、宇宙が誕生した。

いくつもの破片が集まり、形を変え星が生まれた。
さらに星が集まり、惑星が生まれた。
星や惑星の誕生で宇宙に流れが起こり、天体が美しく輝いた。

惑星が命を持ち活動を始めた。

熱が生まれ、熱を押さえ込めず噴き出している惑星に天体は引かれ、円を描き始めた。


その惑星＝太陽に、光の神の力が宿った。

光の神が自らの姿を創造し、多くの天使や女神たちを誕生させた。

光り輝き、眩い世界――。

すべてが平等で、すべてが満たされ、何もかもが極上の場所（空間）。

終わることのない世界＝天界が一瞬にして創られた。

この美しい天界のきらびやかに輝く光景を闇が愛おしそうに眺めていた。

自ら創造できないことを光の神が成し遂げたことが、ただただ恨めしく妬ましかった。

1―2　光の神の子ルシフェルとミカエル

天界でひときわ大きな翼を持ち、多くの天使や女神に愛されている二人の天使。

その名はルシフェルとミカエル。

双子の兄弟として誕生した二人は神の光をたっぷり浴び、誰よりも愛されて育っていった。

神の教えを心に刻み、神を守るための戦術も学んだ。

二人は共に戦い、共に讃え合う善き理解者であった。

天使や女神たちも二人を神に最も近い者として褒め称え、敬意を表していた。

兄ルシフェルは誰よりも強く、誰よりも神を愛し、また弟ミカエルを愛した。仲間の天使や女神が困っている時は救いの手を差し伸べ、皆を心から愛した。神はルシフェルの行いを大いに喜び、最高位の天使の証しとして美しい翼を与えた。そんな誇らしいルシフェルをミカエルは慕い、常にルシフェルと共に過ごしていた。

神はその情景を心から喜び、宇宙に浮かぶ惑星の一つに新たな楽園を創造した。そしてそこに天使や女神とは違う命を無数に描いた。青い海と緑が一面に広がる楽園、美しく永遠なる栄光の星＝地球の誕生である。山には木々が生い茂り、川が優しく流れ、美しい青い海が広がり、いたるところに命が生まれた。神は地球の調和を図るため、幾人かの天使と女神を地球に降ろした。

1―3　闇の神の嫉妬

光の神が創り出すすべてを黙って見ていた闇が我慢しきれず口を開いた。

「この美しき地球を我が物とする！」

闇は自らの働き以上に地球が気に入り、おぞましい欲望の形となっていった。

その時、光の神は闇の神との調和を創造していた。光と闇の支配の時間をそれぞれ分けることで、さらにこの地球の生命が輝き、美しさ、力強さが増していくからだ。

禍々《まがまが》しい闇の思念を感じ取った光の神は、地球に近い星を月に変え、闇を監視するために闇の支配の時に輝かせた。

形を持った闇の神は月の存在にも納得がいかず、怒りがさらに増した。

怒りはやがて復讐心へと変わり、光の神の愛する地球を我が手に収めることだけに執着した。

「光の勝手にはさせぬ！　止められるものなら止めてみよ」

闇はおぞましい自らの身体を美しい女神の姿に変えると、誰にも知られることなく地球に降り立った。

「光の神よ！　我が力、思い知るがよい！」

2―1　兄弟、地球に降り立つ

地球では選ばれた天使や女神たちが、各々与えられた役割を忠実に果たしていた。大地を耕し、種を蒔き、作物を育てる者、海で魚を獲る者、山や野で草木の恵みを採る者、動物を狩る者……。皆、神に感謝しながら神聖な食べ物、生き物の命をいただいた。

火をおこし、絵を描き、歌を歌い、音楽を奏で、愛を語る。神の創造する新たな未来が始まった。いつしか天使と女神の間に恋が芽生え、まさに天使たちの楽園が誕生したのだった。

青い美しい海のほとりに絢爛豪華な宮殿が建てられた。宮殿には最高責任者としてすべてを管理する神官が置かれ、未来を指し示した。多くの天使と女神が神官に仕えた。

宮殿の対岸の小高い丘には黄金の果実が実り、果実には神のシンボルが刻まれた。

神は新天地、地球にルシフェルとミカエルを遣わした。

二人は神の創造した地球の未来の伝承者として、柔らかい光に包まれながら地上に降り立った。

神が愛する地球、真珠色の輝きを放ちながら宇宙に浮かぶ星――。初めて見る七色の輝きが二人を魅了した。

「美しい！」

「ああ！　なんと美しくすばらしい世界なんだ！」

ここでは生きとし生けるものが喜びに満ちあふれていた。二人は心が躍り、思わず笑みがこぼれ顔を見合わせた。

ガブリエルとラジエルが満面の笑顔で兄弟を迎えた。ラジエルはいかにも頭脳明晰そうな顔をしており、ガブリエルは天真爛漫な元気者に見えた。キャラの違う二人が神官の待つ宮殿までルシフェルとミカエルを案内をしてくれた。

緩やかに流れる川を越えると花々が咲き乱れる野に出た。

黄金色に輝く稲穂がそよ風に揺れ、鳥たちがさえずり、動物たちが元気に飛び回っている。どこからともなく漂うほのかな香り、心地よい音……。

二人は見るもの聞くものすべてに心を奪われた。

先導するガブリエルに遅れないようについていくと、やがて目の前には青い海が姿を現した。その美しさに皆立ち止まり、我を忘れ感動に浸った。

海のほとりに煉瓦で飾られた美しい渡り橋が見え、橋の向こう側にきらびやかな光を放つ宮殿が姿を見せた。


ルシフェルたちが宮殿に着くと、外壁に使われている石が陽の光を反射して眩いばかりの美しさを見せている。宮殿内の壁という壁には飾り細工の雅《みやび》な模様が施され、床には大理石が敷きつめられていた。大きな窓からは庭園が見え、庭園の先には青い海が広がっていた。

ルシフェルはその眺めがすっかり気に入った。

ガブリエルの先導でルシフェルとミカエルは広間に通された。目の前の大きなテーブルには海の幸や山の幸が所狭しと並べられている。天使と女神たちが続々と広間に集《つど》ってきた。

二人が席に着くと小天使たちが音楽を奏で、歓迎の宴《うたげ》が始まった。女神たちが果実酒や珍しい食べ物を次々に運んできた。

すでにほろ酔い加減のガブリエルが大きな声で歌い始めた。

「兄さん！　この地球はほんとにすばらしい所ですね」

「そうだな。我らが棲む天界に似てはいるが、それ以上にすばらしい」

おどけているガブリエルを横目に見ながらミカエルが言った。

「宴も最高だし、この果実酒もおいしい。忘れられない味だ。そうだ、ラジエル！　ここで見たこと、聞いたこと、感じたことすべて記して後世に残そうではないか！」

「ミカエル、それはいい考えだ。我ら兄弟のこと、仲間たちのこと、地球のこと、神のこと、ラジエルならすばらしい書となるであろう。是非ともそう願う」

「承知しました。実は私もこの地球にとても興味を持っております」

「先ほど〝すべて〟と言ったが、ガブリエルのことは書かなくてもよいぞ！」

ミカエルがおどけて釘を刺すと、そばにいた天使や女神たちがドッと笑った。楽しい時間が過ぎていった。

2―2　神殿を司る女神ソフィア

やがてラッパが鳴り響くと、心地よく流れていた音楽も止《や》んだ。皆の視線が廊下に向けられた。宮殿を司《つかさど》る女神が現れたのだ。女神が動くたびに長い髪がしなやかに揺れた。天使たちは一瞬にして女神の美しさに心を奪われ、持っていた杯を落とす者、茫然と立ちつくす者もいた。ガブリエルは酔いがいっぺんに吹き飛び、ポカンと口を開けたまま女神に見入っている。

女神は皆に微笑みかけながらルシフェルのそばに歩み寄った。そして、彼の目を見つめ、軽くお辞儀をした。

「私はソフィア。この宮殿を司り、この地球の秩序を守る者」

ルシフェルはソフィアの前にひざまずくと、手を取り甲に優しく口づけた。

「私はルシフェル。これは我が弟ミカエル。共に天界から遣わされた。神を守り、神を敬う者なり」

ミカエルはルシフェルの後方で頭《こうべ》を垂れた。

「この宮殿はほんとにすばらしい。何もかもに心を奪われる。特に君のその美しい瞳に」

ルシフェルはソフィアの手をとって椅子に座らせ、果実酒の入ったグラスを手渡した。ソフィアの憂いを含んだ美しい瞳を見つめながら話し始めた。そこはまるで二人だけの世界のようであった。二人は一気に距離を縮めた。

「神が我ら兄弟をこの地球に遣わされた理由はよくわからないが、私はそなたに会えただけでも感謝しなければならぬな」

ルシフェルはソフィアに微笑みかけ、果実酒を飲み干しながらミカエルに合図を送った。

ミカエルはルシフェルから送られてきた〝しばらく二人だけにしてくれ〟という合図に気づかず、二人の間に入り話を始めかけたが、察したラジエルが慌ててミカエルの手を引っ張った。

「ミカエル、さっそくだが今からエデンの園を案内しようと思う。一緒に行こう」

「わかった！　では兄にも伝えねば」

ミカエルはまだ場の雰囲気が読めていないようである。

ラジエルとガブリエルは半ば強引にミカエルを引っ張り出すと飛び立った。

ルシフェルとソフィアは沸き立つ愛しさに身を任せた。心が通い二人が恋に落ちるのに時間はかからなかった。二人はそっと口づけを交わし、お互いを感じた。

音楽が再び奏でられると、宴が再開した。天使と女神たちは手に手を取って踊り始めた。どこからともなく愛の天使キューピットが現れると二人を祝福し、美しい歌声を響かせた。


ミカエルたちが丘に着くと天使や女神たちが温かく出迎えた。

「兄はソフィアに魅了されたというのだな」

ラジエルになだめられたのか、丘に着いてようやくミカエルはすべてを理解したようだ。

丘には黄金色の果実をつけた樹と銀色の果実をつけた樹があり、ミカエルは何よりも真っ先に目を奪われた。

「この美しい果実は何なのだ？」

ガブリエルがミカエルの前に立ち、張り切って答えようとした時、光に包まれた天使が茂みの中から現れた。

「ミカエル！　私はヤハウェ。神の御言葉《みことば》を語る者」

ヤハウェはミカエルに軽く会釈し、話を続けた。

「ミカエル、ここはエデンの園にあるエデンの丘だ。この果実は神だけが食すことができるもので、我ら天使や女神でさえ口にすることは許されないのだ」

ミカエルが果実に近づいてよく見てみると、神の言葉が無数に刻まれていた。

「ミカエル！　その黄金色の果実をつけた樹は生命の樹といい、銀色の果実をつけた樹は知恵の樹というのだ」

ヤハウェは神の命《メイ》により、この果実を管理していた。

「この果実が減ると新たな大地や命が誕生し、この地球の何かしらの役割を担うこととなる。だが、その役割を担う命には限界があり、我らのように永遠の時間を生きることはできないのだ」

2―3　赤子のアダムとイヴ

その時、天界から柔らかい光が射し込んだ。甘い香りが一面に広がり、なにやら囁く声が聞こえてきた。懐かしい心地よい声、そう光の神の声であった。

「私が創造したこの地球は、私が思い描いた輪廻転生を基準に動いておる。限りある命が使命を持って生まれ、使命を全うする。生き死にを繰り返し、意識はつながれ、地球の未来を形成する。魂は向上し御霊《みたま》のふゆを養い天界を豊かなものとする。そんな壮大な物語を、これからこの地球で始めるのだ。

そなたたち兄弟を地球に遣わしたのは、その輪廻転生を忠実に遂行させるためである。新たなる命を天界のクヌムの森に棲む天使に命じて創らせた。その容姿はそなたたち天使や女神と同じだが、創られたばかりの頃は小さくてとても弱々しい。霊長類最高の者として、これからこの地球で起こるすべてのことを受けとめ、学び、考え、行動する者である。私はこの命を人間と名づけた。この人間をそなたたちが導き守り、仕えるのだ。この地球の物語を始めるために」

そう言うと光の神は生命の樹を優しく照らした。

樹の下には丸裸の赤子が二人、抱き合うようにして横たわり、スヤスヤと寝息を立てて眠っていた。光の神が言ったように容姿は天使や女神に似てはいるが、翼もなく肌も柔らかい。皆の目は無防備で純粋無垢な赤子に向けられるとしばらく釘づけになった。

ラジエルとガブリエルが赤子を抱きかかえ、プルプルの頬っぺに指でそっと触れてみた。

「この者たちは何をしておるのだ？」

「眠っているのです。人間は睡眠をとることでエネルギーを蓄えたり、治癒力を高めたり、さらには成長もするようです」

プルプルの頬っぺが気に入ったようだ。

「こんなチビが地球の長とはねぇ？」

子供たちをまじまじと見ながらガブリエルが呟いた。

ラジエルが抱えていた子が急に目を覚ますと、彼の顔に何か温かいものをかけた。

「何だ、これは？」

「ハッハッハ！　ラジエル、それはオシッコといって人間から出る排出物だ。少し臭うらしい」

「ええっ！　ヤハウェ、早く言ってよ。臭いよ!!」

皆は大いに笑い、神からの幼い授かり物に感謝した。ヤハウェはその子に「アダム」と名づけた。

「最初の人間として、このすばらしい地球の物語を始めていく者。だからアダムだ！」

ラジエルは誇らしげにアダムを天高く持ち上げ、改めて神に感謝した。アダムは無邪気に笑っていた。ラジエルはその笑顔に愛しさが込み上げ、アダムを抱きしめた。

「えっ！　またぁ！　勘弁してよ！」

生温かいものが再びラジエルにかけられた。

皆が笑った。その声でガブリエルの腕の中で眠っていた子も目を覚ました。

「こっちも目を覚ましたぞ！」

「宮殿に戻って兄に話さなければ。この子たちを見て、きっと喜ぶであろう」

ミカエルらは子供とヤハウェを伴って宮殿へと飛び立った。

2—4　ソフィアに仕える女神リリス

宮殿に戻ったミカエルはルシフェルを探したが広間には姿がなかった。

最後に別れた場所に戻ってくると、美しい女神が何やらぶつぶつ独り言を言いながらグラスをていねいに拭いていた。ミカエルの姿に気づくと手を止め、頭を垂れた。

「顔を上げよ。そなたは？」

女神は顔を上げ、微笑んだ。

「私はソフィア様のお世話をさせていただいているリリスと申します」

「ではリリス、我が兄ルシフェルはどこにいるのだ？」

リリスは少し怯えながら答えた。

「ルシフェル様はソフィア様と一緒にソフィア様の寝室に入られました。ルシフェル様がお酒に酔われたらしく、休ませるからと仰せられて」

ミカエルは辺りを見回し、寝室を探した。

「ミカエル様、なんぴとも寝室には通すでないと命じられております」

聞き耳を立てていたガブリエルの顔がにやけてきた。「さては……」

「ソフィアの寝室はどこだ。案内するのだ！」

リリスは広間の奥の黄金色の扉に目をやった。ミカエルはリリスを払い除けて扉に向かった。

「ミカエル様、何をなさいます？ 私がソフィア様に叱られます」

ガブリエルは慌ててミカエルの腕を掴みとどまらせた。

「ミカエル、子供は明日にでも見せればよいではないか。我らももっとアダムたちを観察しておかないと」

二人に諭され、ミカエルは渋々広間に戻った。

ラジエルに抱かれているアダムが、目の前でぶらぶらしているラジエルの髭を楽しそうに引っ張った。

「イテテテ！」

ラジエルの何とも言えない表情を見て皆が笑った。ミカエルにも笑顔が戻った。

「その小さな生き物は何ですか？」初めて見る何かに戸惑いながらリリスが尋ねると、

「神から授かった人間の子供だ。ラジエルが抱いているのはアダム、こっちはまだ名がない」と、ヤハウェが答えた。

「神から？　人間？　子供？」

リリスは怪訝そうな顔をしてアダムに近寄り、おそるおそる頬を撫でた。

「とても柔らかいわ」

アダムは急に頬を触られて驚き、リリスの顔を見た。しばらく見つめた後、恥ずかしくなったのかラジエルの胸に顔をうずめた。

リリスは、今度はヤハウェが抱いている子に目を向けた。眠っていたので頬を優しく撫でると子供は目を覚まし怪訝そうにリリスを見たが、すぐに笑顔を見せると、両手を出してリリスに抱きついてきた。突然のことにリリスはびっくりしたが、しっかりと受けとめ抱きしめた。

その様子を見ていたアダムが突然口を開き、一言声を発した。

「イヴ！」

アダムは大量の汗を流し、そのまま意識を失った。

「声も出せるのか！　うん？　何だか少し大きくなった気もするが」

ラジエルはアダムを抱きかかえると部屋に入った。

「イヴ？　この弱い生き物を神はどうされようというの？」

リリスはイヴを見つめながら困惑し、その場にしゃがみ込んだ。

こうして夜も更け、歓迎の宴は静かに終わりを告げた。

陽が昇るとミカエルは改めてソフィアの寝室を訪れ、ドアを叩いた。

扉が開くや部屋に割って入り、椅子に座ってうなだれているルシフェルに声を荒げて言った。

「兄さん、いったいどういうことですか？」

鏡の前で髪をとかしていたソフィアがその声に驚き振り返った。

「ミカエル様、何をそんなに怒っておられるのです？」

ソフィアには目もくれず、ミカエルはルシフェルを睨みつけた。

ルシフェルはふらつきながら立ち上がると、ミカエルを強く抱きしめた。

「ミカエルか！　おお、我が弟よ！　祝いの宴を開いてくれないか」

ミカエルはルシフェルの言葉の意味が理解できず、拍子抜けしてしまった。

「私はソフィアを妃として、この宮殿の主となる。もちろん神の御言葉を守り、使命は果たす」

ミカエルはルシフェルの言葉に耳を疑い、首をかしげた。

その時、異様な匂いがミカエルの鼻を刺激した。ルシフェルの身体から出ているようだ。慌ててルシフェルをはねのけ、辺りを見回した。寝室の入り口に大量の果実酒の空き瓶があるのが目に入った。ミカエルは仰天して言った。

「兄さん！　僕が誰だか本当にわかっていますか？」

ルシフェルはフラフラしながら再びミカエルに抱きついた。

「何を言っているのだ！　そなたは我が最愛なる弟のミカエルじゃないか。ハッハッハ」

ルシフェルは泥酔していた。

きらびやかな衣装に着替えたソフィアがルシフェルを促してベッドに寝かせた。ルシフェルを愛おしげに見つめるソフィアの目が急に険しくなると、ミカエルに向けられた。

「ミカエル様、ルシフェル様が仰せられた通り、私はルシフェル様の妃になり生涯仕えます。どうか祝福を」

ミカエルは腑に落ちなかった。

「ソフィア、そなたは何が目的なのだ？」

ソフィアは目をそらし、窓の向こうの海を見ながら言った。

「何もございません。私はルシフェル様と恋に落ちただけ。この美しい地球でルシフェル様とひっそりと暮らしたいだけでございます」

「ルシフェルが酔いから覚め正気な時に話を聞く。それまでは婚礼の宴はせぬ」

ミカエルはソフィアの目を睨みつけて言い放ち、寝室から出た。ソフィアの胸には熱いものが込みあげていた。

「仰せのままに」とソフィアは冷ややかな眼差しで、ミカエルを見送った。

笑みを浮かべてはいたが、その目は怒りの炎を燃え上がらせていた。物陰で聞き耳を立てていたガブリエルとラジエルはソフィアの言葉使いが何となく気になった。

「何かあるな！」

「ああ。少し調べないといけないようだな」

その時、叫び声が静かな宮殿に響き渡った。驚いたソフィアは苛立ち、怒声を張りあげた。

「何事だ！　リリス！　どこにおるのだ！」

「はい、ソフィア様、私はここにおります」

リリスは慌ててソフィアの前に出てひざまずいた。

「何事だ？　今の叫び声は何なのだ？」

ソフィアは眉間にシワを寄せながら怒鳴った。

「見てまいります」リリスはソフィアの寝室から飛び出した。怒りが収まらないソフィアはリリスの後を追い寝室を出た。


叫び声の主はアダムであった。ヤハウェはアダムをなだめようと必死にあやしていた。それを見たリリスは唖然として立ちつくした。

「リリス、下がりなさい！」

リリスの背後でソフィアが声を震わせながら叫んだ。

「あなたはヤハウェ様？　腕に抱かれているものは何ですか？」

ソフィアは不思議なものを見るかのようにアダムをまじまじと見た。

その時、イヴが大きなあくびをしながら部屋から出てきた。その姿を見てソフィアは青ざめた。

「歩けるの？　少し大きくなってもいる」

「ソフィア、口を慎むのだ！　この者たちは神が創造されたアダムとイヴ。我らに代わってこの地球を創りゆく者なり」

「地球を創りゆく者？　アダム？　イヴ？」

ソフィアはヤハウェの言葉が理解できなかった。狼狽してその場にくずれた。ギラギラした目がアダムたちに向けられていた。

「そんな弱々しい小さき者が、この地球を創りゆくって？　それが神の考えなのか？」

ソフィアは込みあげる怒りを吐き出すと不敵な笑みを浮かべ、高笑いをしながら立ち去った。

ソフィアの後ろ姿を見てリリスは震えた。ヤハウェもおぞましい威圧感を感じてアダムとイヴを抱きしめた。ガブリエルとラジエルは誰にも気づかれぬようにソフィアの後を追った。

「ラジエル見たか？　アダムもイヴも大きくなっている気がするのだが」

「ガブリエル、お前も気づいたか。二人とも話もでき、歩くことまで……。いや、それより今はソフィアだ」

2―5　ソフィアとは何者？

ヤハウェは宮殿の外れの小さな入り江にアダムとイヴを連れてきた。そこからは美しい海が一望できた。アダムとイヴはまだ怯えていた。

「アダム！　イヴ！　何も案ずることはないぞ」

そう言ってヤハウェは二人の手を取って海に連れていった。波打ち際を歩いていると足元を蟹が横切った。アダムとイヴは初めて見る動くものに夢中になり追いかけた。楽しさが恐怖に勝ったのか、二人に笑顔が戻っていた。

二人のあどけない姿を見て安堵したヤハウェは胸を撫で下ろし、美しく広がる海を眺めた。そこにミカエルの姿があった。ミカエルは浜辺に立って海を眺め立ちつくしている。手には果実酒の入ったクリスタルのグラスが握られ、何やらぶつぶつ呟いている。

ミカエルは天を仰ぎ、涙を流しながら懇願していた。

「神よ！　我が兄ルシフェルは女神ソフィアに身も心も支配されつつあります！　神よ！　これもあなたが創造された地球の仕組みの一つなのですか？」

ミカエルは果実酒を一気に飲み干すとグラスを握りつぶした。砕かれたグラスの破片が砂浜の上で輝いた。

それを見ていたヤハウェが声をかけると、ミカエルは驚いて振り向いた。その目には嬉しそうに蟹取りをしているアダムとイヴの姿が映った。

「ミカエル、私はあのソフィアが怖い。ルシフェルも酔いがさめて我らが聞いた神の御言葉を思い出し、あのアダムとイヴを見れば、神の壮大なる仕組みをきっと受け入れることができるでしょう。そうすればソフィアからも離れるはずです」

アダムとイヴが蟹を持って戻ってきた。ミカエルは腰を屈め、アダムとイヴを抱きしめた。

「我らのように早く大きくなれ」強く打つ鼓動を感じ未来を見た。

「そなたたちの使命、我らが導こう。神の名にかけて」

ヤハウェはミカエルの横に腰を下ろし、アダムとイヴを膝に座らせて、昨夜ガブリエルやラジエルから聞いた話をし始めた。ミカエルはヤハウェの話を聞き終えると大きく頷いた。

「ソフィアとはいったい何者なのだ？　わからぬことばかりだ！」


リリスは己を奮い立たせるとソフィアの後を追って宮殿の廊下を抜け、ソフィアの寝室の扉を叩いた。返事はない。何度も何度も扉を叩くと、ようやく扉が開いた。リリスはおそるおそる部屋に入った。明かりは灯されておらず、異様な不気味さが漂い邪悪な何かがリリスを拒んでいるようだ。大きな鏡の前にソフィアが座っていた。

「ソフィア様！」

ソフィアはリリスの問いかけには答えず、そばで眠っているルシフェルを無表情で見つめていた。リリスはソフィアの表情を窺いながら言った。

「ソフィア様、なぜそんなに急いでルシフェル様と結ばれようとするのですか？」

ソフィアは憤怒《ふんぬ》の形相《ぎょうそう》でリリスを睨みつけた。

「リリス、よく聞くのだ！　私は神が創造した地球を守るべく命を受け、この地にいる。いわばこの地球は神から私への贈り物だ。だから私は地球を守っていくことを使命と考えている。天界最高位のルシフェルと婚礼の契りを交わすのはそのためだ。私は王子を授かり、永遠の帝国を築いて統治するのだ。神さえも邪魔できぬ帝国をな！」

リリスの顔がこわばった。ソフィアはリリスの顎を掴み、頬を舐めた。憎悪に満ちた冷たい目がリリスを凍りつかせた。リリスは恐怖に震えながらもソフィアから目をそらさなかった。いや、そらすことができなかった。

「地球はルシフェルと私が統治する。なのに神はあんな弱き者を地球の長にしようとしているという。なんと愚かなことか！」

ソフィアはリリスの震える手を取り、笑みを浮かべて言った。

「リリス！　では聞くが、そなたはこれから誰に仕えるつもりか？　愚かな神か？　それとも……」

ソフィアから笑みが消え残忍な表情になった。リリスは声を震わせながら答えた。

「あ、あなた様で……ございます」

リリスは震える指でソフィアを指し、大粒の涙を流した。

ソフィアはリリスの忠誠心に喜び、笑みを見せリリスの恐怖を少し和らげた。

その時、リリスに激痛が走った。ソフィアは笑みを浮かべたままリリスの人差し指を噛みちぎったのだ。

指から血が吹き出し飛び散った。苦しむリリスを尻目に、ソフィアは噛みちぎった指から流れ落ちる血をおいしそうに舐め始めた。その指を口に含みリリスを見た。

リリスはドレスの裾を引き裂いて指に巻きつけ、必死に出血を押さえ、その場から逃げようとしたがソフィアが髪を掴み逃がさない。リリスの指に巻かれた布を剥《は》ぎ取ると、再び吹き出す血をおいしそうにまた吸い始めた。その血を口に含んでそばにあったグラスに吐き出し果実酒と混ぜると、眠っているルシフェルの口に流し込んだ。

ソフィアの狂気はそれだけではなかった。着ていたドレスを脱ぎ捨て身体を切りさくと全身を自らの血で染めた。さらにルシフェルの服も引き裂き、全身にリリスの血を垂らし塗りつけた。

リリスはしだいに意識が遠のき、その場に倒れ込んだ。鮮血で真っ赤に染まったソフィアはルシフェルの腰にまたがり天を仰ぎ、あざ笑った。よがり声と高笑いは止むことはなく響き渡った。

「光の神よ!! 私は闇から生まれた者。そなたの創造物ではない! そなたの子、このルシフェルと交わり我らの子孫を作って、この地球に闇の王国を築く! 人間などに仕える気はない! この地球も、そなたの最愛の子ルシフェルも我が手中にあり! ハハハ」

ソフィアはルシフェルにそっと口づけをした。

「ルシフェル様、あなたは私だけのもの。あなたが今飲んだ果実酒には我が母が作った軽い毒を入れ、目覚めぬようにしている。リリスの血で穢《けが》れたあなたは、もはや天界には戻れぬ。この地球で永遠に私と過ごすのだ。私にあなたの子を授けよ。闇の帝国を築くのだ!」

ソフィアはルシフェルの身体についた血をおいしそうに舐め始めた。ソフィアの鼓動はしだいに高鳴り、身体が高揚し、ルシフェルを激しく求めた。欲望のおもむくままに何度も何度も……。

3―1　別の者と化したルシフェル

陽が昇り、宮殿は黄金色に輝いた。深い眠りについていたルシフェルがようやく目を覚ました。そこは薄暗くじめじめした狭い部屋だった。衣服はすべて脱がされ、血まみれの身体を怪しい女神が草のようなもので拭いていた。

「ここはどこだ！　そなたは何者だ！　ここで何をしておる？」

女神は後ずさり、ひざまずいてルシフェルに頭を垂れた。

ルシフェルは辺りを見た。薄汚れた扉が目に入ったので開けてみると、見覚えのあるソフィアの寝室であった。ソフィアがベッドに横たわっていた。ルシフェルは背後からソフィアを優しく抱きしめた。

「お目覚めになられたのですね」

ソフィアは振り向き、ルシフェルに口づけを交わした。ソフィアの瞳が赤く輝いた。

「おめでとうございます、ルシフェル様」

ルシフェルは言葉の意味が理解できず、怪訝そうにソフィアを見た。

「うあっ！　うっ、うぉ～！」

ルシフェルの身体が赤く染まり始め、目がギラギラと輝いた。

「どうしたのだ？　身体が熱い！　なぜか怒りが込みあげる。私はどうなっているのだ？　この震えは何なんだ？」

今まで感じたことのない力がルシフェルの全身にみなぎっていた。しかし、その力をどうすることもできず、うめき声をあげながら椅子や机など、目に映るものを手当たりしだいに壊した。怒りがルシフェルを支配していた。怒りはソフィアにも向けられ、ルシフェルは手を振り上げたがソフィアはそれを優しく受け止め、ルシフェルを抱き寄せた。

「これが、これこそが本来のルシフェル様の力。この地球を治める者の力でございます」

ルシフェルの身体は変化し続けた。全身の筋肉が隆起し、別の者と化していった。

「確かに！　この湧き出る力は懐かしい感覚でもある。弟ミカエルと剣を交えた時に感じていたものと同じだ！　いや、それ以上だ！」

ソフィアはルシフェルのぶ厚い胸板に顔を当てて言った。

「その力をもっと欲してくださいませ。欲すれば欲するだけ傲慢で圧倒的な力を得られます」

ソフィアの目は赤く染まり、不気味な笑みと共に美貌が崩れて魔物のような醜い姿になっていた。ソフィアはルシフェルをさらに奮い立たせ、薄暗い部屋の片隅を指差した。ルシフェルが息を荒げながら近づくと、そこには無数の女神の屍が折り重なるようにして積み上げられていた。無残にも切り裂かれて命を落とした者たちが強烈な異臭を放ち、その上を無数の蝿が羽音をたてながら飛び交っていた。

ルシフェルは躊躇することなく屍の山に飛び込み、手当たりしだいにむさぼり喰らい始めた。まるで宴のメイン料理を楽しむかのように肉を頬張り、血をすすった。屍はみるみる食いつくされ、衣服と髪や骨だけが残った。そして、ルシフェルの狂気の目がベッドに横たわっているソフィアに向けられた。

「熱い！　身体が燃えるように熱い！」

「ルシフェル様、こちらに！　その熱く燃えたぎる力を私にお与えくださいませ。さあ早く！」

叫び狂うルシフェルをソフィアが招き入れた。ルシフェルはソフィアを押さえつけ、力の限り抱いた。魔物が絡み合う姿はおぞましく醜いものであった。

「なんということだ！」

「どうすればよいのだ？」

ソフィアの寝室に忍び込み、物陰に隠れて様子を窺っていたガブリエルとラジエルは、目の前で起きていることに身震いし、気を失わんばかりであった。

ルシフェルが果て、ソフィアに覆いかぶさるようにして倒れ込んだ。ソフィアはルシフェルを優しく受け止め、ベッドに寝かしつけた。ルシフェルの身体は少しずつ元の美しい姿に戻っていった。

ソフィアは静かにベッドを抜け出し、鏡の前でなにやらブツブツ呪文を唱えると、醜い姿がみるみる元の美貌の姿に戻った。ドレスを身にまとい、美しく輝く飾りを身に着けると寝室から出ていった。

ソフィアが寝室から出るのを確かめると、ガブリエルとラジエルは物陰から出た。ガブリエルは気を失ったリリスを抱きかかえると、眠っているルシフェルを横目に見ながら、おそるおそる扉を開け、ようやくその場から離れた。リリスの様子を窺いながら、二人はヤハウェのいる部屋へ急いで向かった。

ソフィアは小柄な老婆を連れて寝室に戻ってきた。老婆は深紅《しんく》のドレスをまとい、骨を細工した杖をついていた。首に色とりどりの宝石を連ねた首飾りを下げている。

老婆が口笛を吹くと、どこからともなく三人の女神が現れ、ルシフェルの前にひざまずいた。老婆は尖った長い爪を立てて女神たちの喉元を引き裂いた。血が勢いよく噴き出し、ルシフェルを真っ赤に染めた。老婆はソフィアの腕を取り、「まだ足りぬ、足りぬのだ、ソフィア！」と言うと、ブツブツと呪文を唱え始めた。

うとうとしていたルシフェルが目を覚まし、悲鳴をあげて飛び起きた。女神たちの鮮血が全身を染めると、再びおぞましい姿に変貌した。

ルシフェルは老婆を睨みつけると、首に手をかけた。老婆はその手を杖でたやすく払うと、杖の先をルシフェルの眉間に突き刺した。

「まだだ、まだ足りぬ。早く早く本当の姿を現すのだ！　ルシフェル！」

ルシフェルは、首から血を流し痙攣している女神たちに飛び込み、かぶりつきむさぼった。ルシフェルはより恐ろしく、より狂暴に、みるみるうちに憤怒の形相に変わっていった。

老婆はソフィアの腕を掴み、ドレスを引き裂いてルシフェルの前に立たせた。

「ルシフェルよ！　ソフィアの身体をもっと求めるのだ。そなたの渇きを癒やせるのはソフィアだけだ」

　ルシフェルは喰らいついていた女神の肉片を吐き捨てると、ソフィアを引き寄せた。女神たちの血がたまったその中でソフィアを激しく求めた。それを見ていた老婆の目がギラッと輝くと、何かを確信したようだった。

「そうだ、それでよいのだ」


　ラジエルとガブリエルは意識の戻らぬリリスを抱えて階段を駆け下り、ヤハウェの部屋に着くと扉を叩いた。扉が少しだけ開くと、ヤハウェがおそるおそる顔を覗かせた。ガブリエルは力任せに扉を開くと、部屋に転がり込んだ。

「ミカエル！　ミカエルはどこだ？」

「何事ですか？」

「ヤハウェ様、この宮殿から一刻も早く逃げなければなりません」

　ガブリエルはリリスをベッドに寝かせ、はやる心を抑えて言った。

「時間がない。すぐにここから出るぞ！　ソフィアから逃げなければ」

　ラジエルが部屋の片隅で震えているアダムとイヴを優しくなだめた。

　ヤハウェはベッドに横たわらせたリリスの容体を診て、顔を曇らせた。

「リリスのためにもエデンの丘にまいりましょう。丘の村で手当てをすれば助かります。急ぎましょう！　ミカエルもきっと丘にいるはずです」

ヤハウェはリリスを抱えて部屋から出た。ガブリエルはイヴを、ラジエルはアダムを抱えてヤハウェに続いた。アダムとイヴが声をあげないように軽く口を塞ぎ、そっと宮殿を抜け出し丘に飛び立った。

エデンの丘ではミカエルが生命の樹の下で瞑想をしていた。そこにガブリエルが血相を変えて飛んできた。ミカエルはただならぬものを感じた。

「ミカエル、大変だ！　すべてはソフィアの謀反だ。この地球を神から奪い、我が物にするための罠だったのだ！」

ミカエルの表情が険しくなった。

「やはりそうであったか。何もかもが理不尽だったが、ようやく納得できた」

少し遅れてラジエルもミカエルのもとにやってきた。

「一刻も早くソフィアの謀反を止めさせないと」

「ラジエル、頼みがある。この地球に遣わされた天使と女神の中でソフィアに加担していない者を集めてくれないか」

ミカエルはそう言ってラジエルに刻印の入った小刀を手渡した。

「この刻印を見せれば皆、仲間となるはず。決してソフィアに悟られるでないぞ。ラジエル、アダムとイヴを守るのだ！」

ラジエルは大きく頷くと、ただちに宮殿に向かった。

エデンの丘の天使たちの村では、ヤハウェと女神ガイアが瀕死のリリスの手当てをしていた。ヤハウェがリリスに強い光を放ち、その光に合わせてガイアが柔らかな光を放った。合わさった光が無数の傷口を塞ぎ、鮮血も止めた。しばらくするとリリスが意識を取り戻した。辺りを見回し見知らぬ場所と察すると身構えた。

「リリス、恐れることはない。そのまま光に身を委ねるのです」

ガイアの言葉に安堵したリリスは心地よい光に身を委ねた。

ミカエルは黄金色に輝く翼の模様をあしらった剣を携えて宮殿へと飛び立った。

アダムとイヴは村の奥の目立たない部屋に寝かしつけられていた。ガブリエルが様子を見に行くと二人はまだ眠っていた。

「かわいいものよのう」

ガブリエルは部屋の扉を閉め、二人を守るべくその前に腰を下ろした。

ヤハウェは生命の樹の下に座り、祈りを捧げた。

リリスを手当てしていたガイアは小瓶からキラキラ光るパウダーを取り出し、リリスにふりかけた。祈りを込めてリリスの額に触れると、リリスは全身光に包まれ美しき女神の姿に戻った。

宮殿に着いたミカエルは平静を装い、ソフィアの寝室に向かった。扉を叩いて兄の名前を呼ぶとゆっくりと開き、ミカエルを呼ぶルシフェルの声が聞こえた。しかし、その声はいつものルシフェルの声とはまったく違うものであった。

ミカエルは用心深く寝室に入り、辺りを見回した。寝室は薄暗くじめじめしていた。強烈な臭いが鼻をついた。腕で鼻を覆い声がした方へ行くと、大きな影が動いた。ミカエルはとっさに刀に手をかけ、身構えた。影はゆっくりとミカエルに近づいてきた。

「誰だ？」

それはルシフェルだった。身体は血で真っ赤に染まり、口は耳まで裂けて鋭い牙が突き出ていた。目は吊り上がり、尖った角が頭に生えている。さらにルシフェルは異様な光を放っていた。

ミカエルは動揺を悟られぬよう、その場から動かずにいた。

「ミカエル！　どこに行っていたのだ？」

ミカエルは毅然としてルシフェルを見た。

「兄さんこそ何があったのだ？　その姿はどうした？」

ルシフェルはソフィアの鏡に目をやった。そこには変わり果てた自分の姿が映っていた。

「兄さん！　いったい何があったのだ？」

「何もない！　私はソフィアを愛してしまっただけだ。ずっとソフィアと過ごしたいと願っただけだ。身体が熱くなり、力がみなぎってきて……」

ルシフェルの記憶はここまでだった。

その時、ソフィアが部屋に入ってきた。手には赤黒い飲み物の入ったグラスを持っていた。ソフィアはミカエルには目もくれず、その飲み物を口に含むと、茫然と立ちつくすルシフェルの口に唇を重ねて流し込んだ。得体の知れない液体を飲み干したルシフェルは虚ろな目でソフィアを見つめ、熱い口づけを交わした。いたたまれなくなったミカエルは声を荒げて叫んだ。

「ソフィア！　そなたは何者なのだ！　兄に何をした！」

ソフィアは不敵な笑みを浮かべてミカエルを見た。

ルシフェルの身体を熱い血潮が流れ、うなり声をあげてミカエルの胸ぐらを掴んだ。

「これだ！　ミカエル！　とても気持ちがいい。これこそ我が力。さあ、そなたも自分を解放するのだ。ハッハッハ」

ルシフェルはソフィアの魔力によって支配されてしまったようだ。ミカエルは力いっぱいもがき、ルシフェルの腕を振りほどいて逃がれると扉に手をかけた。

「ミカエル！　待て！　そなた、我らが父からの贈り物を持っておるそうだな」

ソフィアがルシフェルに吹き込んでいたのだ。

「何のことだ、ルシフェル」

「とぼけずともよい。幼い人間を預かったであろう」

ミカエルは、そっと刀に手をかけた。

「そのことは兄さんには関係ない。私に任せてください」

「何を言う。私にも大いに関係がある。その人間がこの地球を支配するそうだな。そんな勝手なことを私が許すわけがなかろう。我ら兄弟が長となり、すばらしい楽園を創る。それこそが神の、いや我らが父のご意思のはず」

ルシフェルはミカエルの目を睨みつけた。

「では兄さんは幼い人間をどうするおつもりか？」

「まずはこの目で確かめたい、人間とやらをな。ミカエル、ここに連れてくるのだ！」

寝室の奥の薄暗い小部屋で何かを引き裂くような物音とうめき声がした。ミカエルは動ずることなくルシフェルの不気味に光る目を睨み返した。

「ミカエル、我ら兄弟は何じゃ？　神を崇《あが》め、敬意を表し、我らのすべてを捧げてきた。この地球も永遠なる我らの星のはず。なのになぜだ？　なぜ我ら兄弟や天使が、醜く弱い人間をこの地球の長として守り導かねばならぬのだ！」

「兄さん！　あなたはまだアダムとイヴを見ていない。確かに今はまだ弱く無知ではある。だから二人を支え育んでいくのが我らの使命。神はすばらしい考えをお持ちです」

「アダム？　イヴ？　神のお考え？」

ルシフェルは眉間に皺を寄せ、姑息な笑みを浮かべて言った。

「ミカエル、ならばその神のすばらしき考えとやらを申してみよ」

ミカエルはアダムとイヴを授かった丘でのこと、神から受け取った輪廻転生の話などすべて包み隠さず話した。目を閉じて聞いていたルシフェルが大きく溜め息をついた。

「愚かなる戯言《たわごと》！」

ソフィアが二人の会話に割って入った。

「ミカエル様、あなた様は神のご意思に賛同なさるのですね」

「そのつもりだ。神の御心すべてに賛成だ！　限りある命の尊さや意味も理解できた。我ら天使の使命もな！」

「ではミカエル様は、この地球が人間たちに支配されてもよいとおっしゃるのですね？」

ミカエルはしっかり頷いた。背後でルシフェルが笑い声をあげた。ミカエルは驚き、とっさに身構えた。

「案ずるな、何もせぬ。そなたの言う神のご意思が本当に正しいのか、この目で見てみたい。ただそれだけだ。そうだミカエル！　ソフィアをよく見るがよい。我が子を宿したのだ。明日、我が手に抱くことができる。明日、私が神を超える瞬間を迎えるのだ！」

ミカエルはソフィアの大きく膨らんだ腹を見て、驚きを隠せなかった。

「神を超えるって？　どういうことだ！」

「神は人間をクヌムの森に棲む天使に命じて創らせた。しかし私は自らの愛をソフィアの愛と結ばせて、我が子を誕生させるのだ」

ルシフェルはソフィアの大きな腹に顔を当て、愛おしそうに撫でた。

「ミカエル、そなたも神を超えてはどうだ？　ハッハッハ」

ミカエルは威厳を失ったルシフェルに呆れ、背を向けて扉に手を掛けた。

「兄よ！　アダムとイヴを連れてまいる。ただし手出しは無用」

ルシフェルはミカエルには目もくれず、身重《みおも》のソフィアを誇らしく抱きしめた。

3―2　ソフィアの正体

エデンの丘に戻ったミカエルはガブリエルたちを広場に集めた。

「アダムとイヴをルシフェルに会わせる！」

「ル、ルシフェルの言葉を、し、信じても大丈夫なのか？」

ミカエルの言葉に戸惑いを隠せず、ガブリエルが言った。ミカエルは「大丈夫だ」というように深く頷いた。

「それにソフィアの腹にルシフェルの子が宿ったのだ」

ヤハウェが驚きと恐怖で顔をこわばらせた。

「ソフィアが？　なんということだ。恐ろしく厄介なことになりますよ」

ヤハウェは肩を落とした。ミカエルはヤハウェの肩に手を掛け、身体を揺すりながら問いかけた。

「ヤハウェ！　ソフィアはどういう女神なのだ？」

「ソフィアは突然この地球に現れた女神です。誰も知らぬ間に、気がつけばあの宮殿の神官となっていました。ソフィアは地球を天使や女神たちの緑豊かな楽園とするため己《おのれ》を捨て、精魂込めて礎《いしずえ》を築き、今の世界を完成させました。そのようなすばらしい功績を残したのですが、ある日、突然すべてを我が物にしたいと思い始めたのです」

ヤハウェは懐から書簡を取り出した。宮殿で手に入れたもので、そこに続きらしき文面が記されていた。ヤハウェは続けた。

「ソフィアはこの地球に帝国を創り、子孫を誕生させ、神から地球を奪うつもりでした。自らの意にかなう天使たちを集め、互いに戦わせて勝ち残った者を新たなる命を作るための道具とし、自ら絶対なる神となるつもりだったようです。そんな状況のなか、ミカエルたちが天界から降りてこられたのです」

「つまりは我が兄がその道具に成り果てたということなのだな！」

ミカエルの顔が険しく歪んだ。

「ソフィアからすれば未来を約束されたようなもの。天界やこの地球のどこを探してもルシフェル以上に都合のいい者などおりますまい」

「私はガブリエルと共にアダムとイヴを連れて宮殿に戻る」。ミカエルが力強く言った。

意識が戻ったリリスは女神ガイアと共に岩陰で話を聞いていた。リリスはミカエルの前に出て、自分も宮殿に連れていってほしいと頼んだ。ミカエルは首を横に振った。

「なぜだ？　ここで過ごせばよいではないか！」

リリスの顔が曇り、大粒の涙がこぼれた。

「ここで癒やされて安らかな気持ちになればなるほど自分がわからなくなっていくのです。ソフィア様に指を噛み切られて意識が薄れていくなか、耳元で囁かれたソフィア様の言葉が耳に残っていて離れないのです。《そなたはもはやリリスにあらず！　我がソフィアの使い魔！　永遠にな！》という言葉が……。ソフィア様の呪いを解くためにも私を宮殿に戻らせてください」

　リリスは震えながらミカエルに懇願した。ミカエルはリリスの固い決意を知り、抱き寄せた。ガブリエルはアダムとイヴを抱き、ミカエルはリリスを抱いて宮殿へと飛び立った。ガイアは彼らが飛び去る姿をいつまでも見守った。ヤハウェは心を落ち着かせるべく生命の樹の下に座り、神に祈った。

3―3　ルシフェルの子サマエル誕生

　ミカエルたちが宮殿に着いた。ガブリエルはアダムとイヴを腕から下ろして背負う準備をした。

「静かすぎるな。ガブリエル、決して油断してはならぬぞ！」

　ガブリエルはミカエルに大きく頷き、アダムとイヴを背負うと斧《おの》を手に構えた。虚ろな目をした天使が奥に続く廊下に現れ、彼らに手招きをした。ミカエルはリリスを庇《かば》うようにして、そちらに向かった。

　招かれた場所は、数百人は収容できるほどの大広間であった。天井から大きなシャンデリアがいくつも吊り下がっていた。風もないのに燭台の蝋燭《ろうそく》の炎がゆらゆら揺れて怪しさを醸し出していた。

　広間の奥の中央にせり上がった部屋があった。部屋は華やかな装飾が施されていた。翼を大きく広げた形の重厚な椅子にルシフェルが深々と座っていた。ルシフェルは元の美しい容姿に戻っていた。そばにはきらびやかな衣服をまとったソフィアが不機嫌な顔をして座っている。

ミカエルたちは二人の前に通された。

「兄さん、戻りました。約束通りアダムとイヴを連れてまいりました」

「よくぞ戻った、我が弟よ！」

ルシフェルが身を乗り出して言った。退屈そうにしていたソフィアが笑みを浮かべ、呪文を唱えると、壁という壁、大理石の床が蠢《うごめ》き出した。ガブリエルはとっさにアダムとイヴを庇った。

ミカエルも翼を大きく広げてリリスを守った。

蠢いているものが徐々に姿を成し、ミカエルたちを取り囲んだ。それらは虚ろな目をした女神や天使の姿となった。皆、生気はなく屍のようであった。天使たちはミカエルたちに剣を突きつけた。

「どういうことだ、兄さん！」

「案ずるな、ミカエル！　そなたたちを歓迎しておるのだ」

ルシフェルはゆっくりと立ち上がってミカエルの前に立った。

ソフィアがミカエルの羽の陰に隠れていたリリスを見つけた。

「リリスではないか?」

ソフィアは胸元からリリスの指を出して、ペロペロと舐め始めた。リリスは震えながらも毅然として会釈をした。

「ガブリエル、おまえが背負っている者が人間なのか？」

ガブリエルは一歩も引くことなくルシフェルの前に立ちはだかった。

「ガブリエル、案ずるな！　今は何もせぬ。人間をこの目でよく見たいだけだ」

ガブリエルはルシフェルを睨みつけていた。ミカエルが諭すと渋々後ろに下がり、背負っていたアダムとイヴを下に下ろした。ルシフェルは膝をついてイヴの頬を撫でた。イヴはびっくりして泣きだし、ミカエルの後ろに隠れた。ルシフェルは首をすくめ、今度はアダムの頬を撫でた。アダムは笑顔でルシフェルに抱きついた。

「かわいいものだな。ソフィアから聞いていたが、そんなに醜くはないわ。そなたが今後この地球の長となるのか？」


その時、ソフィアが大声をあげ、のけぞるようにして床に倒れ込んだ。

「どうした？　ソフィア！」

アダムをガブリエルに渡し、ルシフェルはソフィアのもとに走った。ソフィアはガタガタと震え、目は虚ろだった。突然、叫び声をあげた。

「ルシフェル……ルシフェル様の子が、う、う、産まれます！」

ソフィアの身体から深紅の霧が吹き出し、辺りを赤く染めた。ソフィアのうめく声に呼応するかのように雷鳴が響き、大粒の雨が降り出した。同時に蝋燭の火がすべて消え、部屋から光が失われた。

虚ろな目をした女神たちがソフィアを取り囲み、無数の手が身体を押さえつけた。ソフィアが絶叫した。女神たちは不気味な言葉を唱え始め、ソフィアの身体をゆっくりと撫でまわした。ソフィアの腹は波打ち亀裂が入った。断末魔の叫びをあげると意識を失った。

ソフィアの腹が縦に大きく裂けると翼が突きでた。赤子は頭を持ち上げ、辺りを見回した。翼を羽ばたくと腹から赤子が一気に飛びでた。しかし産まれたての翼に飛ぶ力はなく、長い尻尾が出たあたりで床に落ちた。頭を振りながら赤子はすぐに立ち上がり、口を大きく開けて叫んだ。すると口の中からいくつもの卵が出てきて方々に飛び散り、闇の中に消えていった。

赤子は卵を吐き出し終えるとルシフェルを見つけ、嬉しそうにやってきた。ルシフェルは我が子を抱え上げ、抱きしめた。赤子の美しい姿がルシフェルを魅了した。

「我が息子よ、そなたこそ、この地球の長になるのだ!!」

神に赤子を見せつけるように高く抱えあげ、ルシフェルは宣言した。

「ミカエル！　アダムとイヴは確かに神からの授かり者だ。だが私はこの子を、我が息子をこの地球の王子とする！」

ミカエルは虚ろな目をした天使たちを払いのけ、ルシフェルに迫った。

「何を言っているのだ、この地球は我が神の創り給いしもの。我ら天使や女神が勝手に支配などできぬ。わからないのか、兄さん！」

ルシフェルはミカエルの言葉には耳を貸さず、「リリス！　私と来るのだ。我が息子の世話をするのだ！」と言って、赤子を抱くとその場を後にした。

3―4　アダムとイヴ、拉致される

リリスは女神たちに強引にルシフェルのもとへ連れていかれた。ミカエルはリリスを連れ戻そうとしたが、床からいくつもの手が現れて動きを封じ込まれた。壁から刀や弓で武装した闇の天使が新たに現れ、動けずにもがいているミカエルの首に刃を当てた。アダムとイヴを守って逃げ出そうとしていたガブリエルも武器を突きつけられ、取り押さえられた。女神たちがアダムとイヴをガブリエルから奪い取った。二人は泣き叫び、必死に抵抗した。

「イヴ！」

その時、意識を失っていたソフィアが目を覚まし、身体を支えられながら起き上がって叫んだ。縦に裂けていた身体はいつの間にか跡形もなく治り、美しいソフィアに戻っていた。その顔は穏やかで神々《こうごう》しかった。ソフィアが手を差し出すと、今まで泣いていたイヴが笑顔でやってきた。そんなイヴを見てアダムも抵抗をやめ、おとなしく女神たちに連れられて行った。

「イヴよ、そなたはこのソフィアが育ててやろう。この地球の王女ソフィアが。ハハハ」

ミカエルとガブリエルは手足を拘束され、地下の牢獄に連行された。重い石の扉が閉ざされると真っ暗闇の中に閉じ込められてしまった。

夜が明け太陽が昇った。寝室で休んでいたソフィアのもとにルシフェルが嬉しそうに入ってきた。

「ソフィア！　我が子をサマエルと名づける。サマエルだ！　神は我らに試練を与えられるが、神の試練や悪意からも立ち上がれる強き賢き者を意味する名である」

ソフィアはにっこりして答えた。

「すばらしい名前です、ルシフェル様！　して、そのサマエルはどこに？」

「案ずるな、リリスが守りをしておる。サマエルがリリスを離そうとせぬのだ」

ソフィアは怪訝な顔をしたが、ルシフェルの安堵の表情を見て心が安らいだ。そこにイヴが笑顔で現れた。

「その人間の子をどうするつもりだ？」

ソフィアは不敵な笑みを浮かべてルシフェルに寄り添って言った。

「私はイヴとサマエルを育て、神の創った人間の子と我らの子の血族を作って完全なる地球の王を誕生させたいのです」

表情も変えずに聞いていたルシフェルが、「そうか、わかった」というように大きく頷いて言った。

「ソフィア！　そなたの神への怒りはよほどのものだな。そなたを妃と決めた時から、そなたの怒りは私の怒りでもある。だが、そなたの目にはそれ以上の闇が見える。このルシフェルが身震いするほどの闇が……」

ルシフェルを見つめていたソフィアの頬に一筋の涙が流れた。

「いずれすべてをお話しします。今は私を信じ愛してください」

ルシフェルは太い腕でソフィアを抱きしめた。


その時、寝室の奥の薄暗い部屋から老婆が現れ、ソフィアの前にひざまずいて頭を垂れた。

「アラディア！　そなたの持つ偉大な力を私のために使ってほしいのだ！」

アラディアは小さく頷いた。ソフィアは胸元に手を入れてリリスの指を取り出し、アラディアに差し出した。アラディアは奇妙な模様の入った銀の器を出し、その上に指を置くと短剣を取り出しその指の肉を剝ぎ、細かく刻んだ。

「この刻んだ肉をイヴに喰わせるのだ！　私の燃えたぎる血を混ぜてな！」

アラディアは短剣を抜いてソフィアの手のひらを切った。噴き出した血で小さな銀の器を満たすと大事そうに抱えて部屋を出た。その異様な光景にルシフェルは言葉を失った。

「イヴ、そなたは私が大切に育てましょう！」

ソフィアは何事もなかったかのようにイヴを抱きかかえ寝室から出ていった。

ルシフェルは地球に遣わされてから今までのことを思い返していた。

「神は我らにこの地球を託された。ソフィアもその一人。この宮殿を拠点として多くの天使や女神を束ね、我らの楽園を創る。それが我らの使命ではないのか？　なのになぜ人間を創造したのだ。なぜ我らがその人間を育て導いていかねばならないのだ。なぜ地球を人間に託さねばならぬのだ」

ルシフェルは理解できなかった。その答えを牢獄に閉じ込めていたミカエルたちに求めた。

3—5　光の神の進言

真っ暗な牢獄に光が差し込み、闇の天使に先導されてルシフェルが入ってきた。

「誰だ！」

ミカエルは光にまだ目が慣れておらず、姿が見えなかった。

「ルシフェルだ！」

ガブリエルが声を上げると、ミカエルは目をしばたたいた。

「兄さん！　兄さんなのか？」

ルシフェルは近寄り黙ってミカエルとガブリエルを見た。ガブリエルが声を荒げて言った。

「ルシフェル！　なぜ我らにこのような仕打ちをされるのか？　我らは神の御言葉を聞き、そのご意思に従って行動しているだけなのに、なぜだ？」

ルシフェルは二人をしばらく見据えてから口を開いた。

「ミカエル！　神の御言葉を今一度聞かせてくれないか」

ミカエルはルシフェルの目を見つめ、エデンの丘で神から聞いた御言葉を一語一句違わぬように語り始めた。すべてを話し終えるとルシフェルの表情を窺った。

「輪廻転生？　なぜだ！　この地球を我らの楽園とし、ここに我らの王国を築くのではないのか？　なのに、なぜ神は地球の長として人間を創造し、我らに託すのだ？　私にはわからぬ」

「兄さん、いったいどうしてしまったのだ？　誰よりも神を愛し、誰よりも神に忠実だった兄さんが、地球に遣わされてから、いや、ソフィアと出会ってから変わってしまった。なぜなんだ？」

ミカエルはルシフェルに語り続けた。天界で過ごしていた幼い頃の思い出を織り交ぜながら話し、優しかった兄を取り戻そうと必死になっていた。

ルシフェルはしばらく目を閉じて聞いていたが、ミカエルの呼び止める声も聞かずに立ち上がって牢獄を出た。

ルシフェルはミカエルから聞いた神の御言葉を確かめるべくエデンの丘に向かった。

エデンの丘の生命の樹の前に降り立つと、樹の裏側でヤハウェが神に祈りを捧げているところであった。ヤハウェは眩いばかりに光に包まれていた。急な訪問に戸惑いながらもヤハウェはルシフェルに軽く会釈をした。

「ヤハウェ、神を呼んでくれないか」

ヤハウェは気持ちを落ち着けながら言った。

「ルシフェル、私に遠慮せず、ご自身で呼ばれてはいかがですか？　私は立ち去りますゆえ」

立ち去ろうとするヤハウェを制し、ルシフェルは頭を垂れた。

「ヤハウェ、行かないでくれ！　私はこの地球に遣わされ、宮殿でソフィアに会った瞬間、心を奪われてしまった。その時から神の御言葉を聞くことができなくなってしまったのだ。そればかりか私の声も祈りも神には届かぬのだ」

ヤハウェはルシフェルを不憫に思い神に祈りを捧げた。祈りの声が静寂を破って木々にこだました。祈りが終わると爽やかな風がルシフェルの頬を撫でた。生命の樹が光に照らされ、甘美な香りが辺りに広がった。その時、鋭い閃光が放たれた。ヤハウェとルシフェルはひざまずいた。

「ヤハウェ、我が子よ！　常に我が目となり耳となって、すべてを伝えてくれて感謝しているぞ」

畏れ多い神の御言葉にヤハウェは深く頭を垂れた。神は生命の樹の前に立っているルシフェルを見つけた。

「そこにいるのは我が息子ルシフェルではないか！　どうしたのだ、その醜い姿は！」

どれだけ美しい姿を見せていても、すべてを見抜く神には、穢れてしまったルシフェルの姿は醜さを隠し切れないのだ。

神はルシフェルに生命の樹から黄金の実を取るように命じた。たわわに実っている中から一番大きな実をルシフェルはもいだ。それを神に捧げようとした瞬間、ルシフェルの手の中で果実がみるみる腐敗していった。神はそれを見てすべてを悟った。

「やはりそうであったか！　ルシフェル、そなたは闇の神の手に堕ちたのだ！　アラディアなる名に聞き覚えはないか？」

手からこぼれ落ちる腐敗した果実の様《さま》が己の状況と相まって、ルシフェルは得体の知れない恐怖を感じた。

「聞き覚えがございます。我が妃ソフィアに仕えし者におります」

「アラディアは私が宇宙を創造して大きな爆発を起こし、星々を誕生させた時に闇から生まれた女神なのだ。我ら光と闇が互いにぶつかり合い、新たな時、未来が生まれる。いわば我らは表裏一体の関係なのだ。姿が見えぬと思っていたが地球に降りたっていたとは……」

ルシフェルは初めて聞く話に聞き入っていた。

「そなたの妃ソフィアはアラディアが唯一創造した女神だ。私に対する憎悪の塊《かたまり》であろう。この美しい地球をソフィアは闇の支配のものとしようとしているのか」

神の言葉にヤハウェは恐怖を感じ、身体が震えた。

「ルシフェル！　まだ気づかぬとは思うが、そなたが闇に堕ちた証しは生命の樹の果実がそなたの手の中で腐敗したことであり、我が言葉が聞けなくなったことである。何よりもそなたのその醜い姿だ」

神は嘆きの雨を降らせた。大粒の雨がルシフェルに降り注いだ。ルシフェルは自らの行いを悔い、涙を流した。

「ルシフェル、私はそなたを誰よりも愛した。誰よりも多くの知恵や愛情を与えた。戦術も与えた。しかしそなたは、こともあろうにソフィアと恋に落ちてしまったという！　これが運命《さだめ》なのか……」

「神よ、我が父よ、私はどうすればよいのですか？」

神はルシフェルの手を取り、優しく語り始めた。

「我が子よ、よく聞くのだ。そなたを完全に救い出すことはできぬ。ただアラディアを私がこの地球から消し去ろう。そなたにアラディアとソフィアがいろいろ仕掛けてくるが、闇の力に打ち勝つのだ。さすれば本来の姿を取り戻すことができよう。それしかない！」

ルシフェルは茫然として立ちつくしていた。

「神よ！　我が父よ！　私はソフィアを心から愛し、子を授かった。もはや後戻りなどできるわけはない」

「ルシフェル！　残念ながらそなたが授かった子供は我が言葉を聞くことはないであろう。そなたの愛する子以外にもすでに闇の子らが生まれておる。その子らはすぐに成長し、我らと違う道を歩むであろう。なんとしてもアラディアとソフィアに打ち勝ち、そなたの子を殺《あや》めるのだ。さすれば、そなたは闇の呪縛から解放される。よいな、ルシフェル！」

神はルシフェルの心の奥の光に強く語りかけた。

ヤハウェは恐怖に震え生命の樹に隠れていた。神はヤハウェに優しい光を当てて心を落ち着かせた。

「ヤハウェ、恐れることはない。ルシフェルが闇に打ち勝って解放されるまで、そなたがこの地球を守るのだ、よいな！」

ヤハウェは頭を垂れ、誓いをたてた。その様子を見ていたルシフェルは、なぜか怒りが込みあげていた。

「父よ、なぜすべてをヤハウェに委ねたのですか？」

「然るべき時にすべてが終わる」

神はルシフェルに希望を求めた。ルシフェルは虚ろな目で神を見た。眩い光を放ち神は天界へと戻っていった。ルシフェルは険しい表情で天を仰いだ。ヤハウェはまだ恐怖で震えていたが、強い思いをもってルシフェルを見た。

「ル……ルシフェル、必ずや闇に打ち勝ち、神のもとへお戻りください！」

ルシフェルは我に返り、ヤハウェを冷ややかな目で見つめた。

「ヤハウエ、そなたは我が子が何なのかわかるか？」

ルシフェルの意外な問いに驚き、ヤハウェは何も答えることができなかった。

「もうよい！　そなたはそなたの使命を遂行せよ！」

ルシフェルは苦笑いを浮かべて空へと羽ばたいた。

第2章　光と闇の戦い（Ⅰ）

1―1　アラディアを討つ

宮殿に戻ったルシフェルはソフィアを探した。いつからか闇の女神たちがルシフェルを囲むようにして歩いていた。闇の女神たちはルシフェルを監視しつつ、ソフィアのもとに誘導しているようであった。ルシフェルは煩わしかったが、なぜか身体は素直に従っていた。

神秘的な美しい部屋に案内された。その部屋はクリスタルで覆われていて、青い海が見渡せた。海を一望できる場所にソフィアの姿があった。純白のドレスが光を反射して、神々しく愛おしい女神、我が妃がそこにいた。ルシフェルはソフィアの肩を優しく抱いた。

「すばらしい眺めだな」

「ルシフェル様、私はこの美しい海がとても気に入っております。この部屋は私だけの空間でございます」

ルシフェルはソフィアに口づけし、強い口調で言った。

「アラディアとは何者なのだ？」

「ど、どうされたのですか？　そんな怖い顔をして」

ルシフェルは何も答えず、ソフィアを見つめた。

「ア……アラディアは私を常に支え助けてくれている人です。ルシフェル様もお会いになられたではないですか」

ソフィアから笑みが消え、顔がこわばった。

「そういうことではない。何者なのかと聞いているのだ」

ソフィアはサファイアを散りばめた床にしゃがみ込み、不敵な笑みを浮かべてルシフェルを見上げた。

「ルシフェル様、アラディアは我が母でございます！」

ルシフェルの脳裏に神が話していたことがよぎった。

「アラディアはこれからも私を支えてくれましょう。サマエルやルシフェル様と共に」

弱々しく思えたソフィアの姿はどこにもなく、全身から憎悪が感じとれた。

その時、扉が開き、年老いた女神がサマエルとイヴを連れて入ってきた。フードを外し、シワシワの顔を上げて二人を前に立たせた。

「アラディアか！」

アラディアはサマエルをルシフェルのもとへ、イヴをソフィアのもとへとやった。イヴとソフィアが抱き合う姿を見て、アラディアはしゃがれた声でルシフェルに言った。

「ルシフェル様、我が力でサマエル様とイヴを育てました。サマエル様はとても成長が早くて私も驚いております。イヴはご覧の通りでございます」

アラディアの言う通り、サマエルは見るからに成長しており、形の良い翼も備わっていた。しかしなぜかサマエルは目に涙をためていた。ソフィアはイヴをまじまじと見ながら言った。

「どうしたの？　神の仕組みが邪魔をしているのかしら」

「アダムはどうしたのだ？」

アラディアは手招きして闇の女神を呼び、耳元で何か囁いた。

「ルシフェル様、今しばらくお待ちを」

「ミカエルとガブリエルもここに連れてまいるのだ！」

アラディアが闇の女神に小声で命じると、女神は地下の牢獄へ向かった。ルシフェルはサマエルを庇うようにしてアラディアの前に立った。

「アラディア！　そなたは何者なのだ？」

アラディアは怪訝な顔をしてルシフェルを見た。

「ルシフェル様！　私はソフィア様を支えて、この地球を……」

「そのような戯言は聞いてはおらん!!」

アラディアの顔色が変わった。

「ルシフェル様、さては何か感づかれたのですね」

ルシフェルは表情ひとつ変えずアラディアを見続けた。アラディアは首を上下に振りながら話し始めた。

「わかりました。私は闇の神、ソフィアの母。光の神が使えぬ力を持ち、我が世界をこの地球に完成させる者」

ルシフェルはアラディアの言葉を聞いてすべてが腑に落ちた。

「そうだったのか。神の御言葉通りだったのだな」

アラディアは声を荒げて言った。

「全能なる光の神が、我が愛すべき闇を突然追い払った。そればかりか天界やこの地球などを勝手に創造し、私を軽んじた。私は光の神を妬み恨んだ。私は自らの姿を創造し、地球に降り立った。この宮殿の神官の天使を惑わし交わったのだ。その時、生まれたのがソフィアだ。

私は宮殿をソフィアに託すため神官を殺め、光の神を仰ぐ天使たちを一人残らず壁や床に塗り込んだ。宮殿を我が物にするのに時間はかからなかった。こうして我が軍勢ができあがった。秘かに素早くこの地球を光の神から奪い取り、復讐することだけを願ってきた。そして気がついたのだ。光の神は我より強く全能であろうが、光の神が強くあればあるほど我が力も増していくことに……。ルシフェル！　そなたの父、光の神は私とは表裏一体なのだ！」

アラディアはルシフェルを睨みつけながら続けた。

「ルシフェル！　もはやそなたは光の神のもとには戻れぬ。我が子ソフィアと交わってサマエルを授かり、闇の子たちも多く誕生させたからだ。そなたはすでに神に背いておるのだ！」

ルシフェルは怒りを抑えることができず、携えていた刃を抜いてアラディアの喉元に突き立てた。アラディアは高笑いをしながら言った。

「その怒りだ！　その怒りは神の力以上だ。実にすばらしい！　その怒りの力をもって私の喉を切り裂くがよい！　さぁ早く、首もろとも切り落とすがよい」

ルシフェルは持てる力を刀に込めアラディアの首をはねた。ソフィアが着ていた真っ白なドレスが鮮血で染まった。ルシフェルは何度も何度も刀を振るってアラディアの身体を切り刻んだ。怒りがようやくおさまって刀を収めた時、辺りにはアラディアの肉片が飛び散り、ルシフェルも血まみれになっていた。美しく輝いていた部屋がおぞましい穢れた闇の血で覆われた。

血や肉片はサマエルとイヴにも飛び散った。が、二人は平然としてこの惨劇を見ていた。ソフィアはフラフラしながらアラディアの頭を拾い上げ、語りかけた。

「母上！　おめでとうございます！」

ルシフェルは眉をひそめた。

「ルシフェル様、ありがとうございます！　アラディア、いえ、我が母上は今の身体が気に入らなかったのです。身体が死ななければ新たな身体になることができなかったので、これで生まれ変われます」

ルシフェルは耳を疑った。

「では私がアラディアを殺めるということは、すべてそなたたち親子の策略であったのか!!」

己の愚かさを知り、手に持っていた刀を床に叩きつけた。ソフィアはルシフェルの肩に手を当て、あざ笑うかのように微笑んだ。ルシフェルはソフィアの首を掴み、拳を握りしめた。ソフィアの腕からアラディアの頭が床に落ちた。アラディアの目がかっと見開き、口が開いて呪文を唱えた。すると床や壁から奇妙な声と共にいくつもの手が現れ、ルシフェルの腕や足を掴んだ。ルシフェルはもがいて振り払おうとしたが、手の数は増え続け、ついに取り押さえられてしまった。

「何者だ！　離せ！　離すのだ！」

いくつかの手から身体も現れた。ルシフェルはその者たちを睨みつけた。

「ルシフェル様、お怒りをお鎮めください。この者たちはルシフェル様の子供たちですよ」

ルシフェルは思い出した。サマエルが生まれてすぐに口から飛び出した無数の卵のことを。

「そうであってもこの者たちの成長が早すぎる！　なぜだ？」

ソフィアが手を上げると闇の天使たちが姿を現し、ルシフェルの刀を奪い取ってソフィアに手渡した。

「ルシフェル様、この子供たちに我が母アラディアの血を混ぜた物を与えて育てましたので、こんなに早く成長しているのです。この子供たちは天界に生まれれば天使になれていました。しかし闇の子供として生まれ、我らに忠誠を誓っております」

ルシフェルは子供たちを見回した。子供たちは無表情でルシフェルを見ていた。

「我が子らよ、よく見るのだ！　そなたたちの父、ルシフェル様であるぞ！」

ソフィアの高笑いが始まった。

「アザゼル！　ベルゼブブ！　父と共に歩み、学ぶのだ！」

ソフィアは子供たちに命じた。アザゼルとベルゼブブは掴んでいたルシフェルの腕を離してひざまずいた。

「インキュバス！　サッキュバス！　この地球にいるすべての天使や女神を誘惑し、もっと子供を増やすのだ！」

二人は頷き、静かに部屋を出た。

「リヴァイアサン！　そなたは青き海に鎮まって我が声を待て！　ケルベロス、そなたはこの宮殿を守るのだ！」

リヴァイアサンは部屋を飛び出て海に飛び込んだ。海水を全身に浴びると身体は大きく成長し、唸り声をあげて姿を消した。ケルベロスは三つの頭を持ち上げて雄叫びをあげ、ゆっくりと部屋を後にした。

「ルシフェル様、まだ一人強き力を持つ子、アモンがおります。その子にはすでに命を与え、闇に潜む天使を探させております。イブリース！　楽しみでございます」

ルシフェルは言葉を失った。

1―2　ソフィアを討つ

ソフィアの足元にアラディアの刻まれた亡骸が集められた。ソフィアはアラディアの頭をそっと亡骸の上に置き、クリスタルの小瓶に入った群青色《ぐんじょう》の液体をその額にかけた。一滴も残さず亡骸全体にかけた。小瓶は壁から現れた闇の女神から手渡されたものだった。

ソフィアの唱える呪文に闇の女神が声を合わせた。不気味な声が部屋中に広がった。アラディアの亡骸がボロボロと崩れ、群青色の液体と混じりだした。液体はぐつぐつと煮えたぎる溶岩の如くアラディアの亡骸を呑み込んだ。やがて澄んだ液体となり、ソフィアの持つクリスタルの小瓶に流れ込んだ。ソフィアは宝物を見るかのように小瓶を見ていた。

「それは何だ！　何を企んでおるのだ！」

ルシフェルは憎悪に満ちた目をソフィアに向けた。

扉が開き、闇の女神がリリスを連れて入ってきた。リリスは両手を縛られブルブル震えていた。

ソフィアはルシフェルの声には耳を貸さず高笑いをした。

ソフィアはリリスに近づき、その髪をかきあげて、震えている唇に自分の唇を合わせた。

「リリス！　かわいそうな女神。いや、美しき我が奴隷。さぁ、私に尽くす時が来た。この小瓶にある液体を飲み干すのだ。さすればそなたの身体から痛みが消え、恐怖から解放されよう」

ソフィアはリリスの顎を掴んで無理やり口を開けようとした。

「ソフィア様、やめてください！　ルシフェル様、助けてください！」

「やめろ！　ソフィア！」

その時、何を思ったのか、幼いサマエルがソフィアの腕を掴んだ。ソフィアは怪訝な顔をしてサマエルを見た。サマエルは涙を流しながら必死にソフィアの腕を引っ張った。

「サマエル！　何をする。その手を離せ！」

ソフィアはサマエルを掴むと壁に投げつけた。

「ソフィア！」

ルシフェルの目が光り凄《すご》んだ。それを見てアザゼルとベルゼブブがルシフェルを力いっぱい押さえ込んだ。ソフィアが鼻先で笑った。

「リリス！　さすが我が奴隷。幼いサマエルを手玉に取るとは」

ソフィアはリリスの口を無理やりこじ開け、容赦なく小瓶の液体を流し込んだ。

サマエルが立ち上がると、ソフィアに飛びかかった。

「サマエル！　そなたはリリスを愛しておるのか？　ハハハ」

サマエルはソフィアを睨みつけ、小さな手で喉を絞めつけた。ソフィアはサマエルの手を引き離し、小さな首を掴んでサマエルを睨んだ。サマエルはもがきながらソフィアの顔に唾を吐いた。

ソフィアは憤怒の形相になり闇の魔物と化すと、アザゼルとベルゼブブに押さえ込まれている
ルシフェルめがけてサマエルを投げつけた。サマエルの幼い身体はルシフェルの上を通って扉に叩きつけられた。

ルシフェルの怒りが頂点に達した。アザゼルの腕を掴んで殴り飛ばし、ベルゼブブをソフィアに投げつけた。しかしソフィアはベルゼブブの身体を片手で軽々と受け止めた。ルシフェルはサマエルを気にしながらもソフィアに飛びかかった。ソフィアはベルゼブブをルシフェルに投げ返し、ひるんだルシフェルに鋭利なクリスタルの針を刺した。激痛が走り、ルシフェルは床に崩れ

落ちた。

「ルシフェル！　不甲斐ない者よ！」

ルシフェルを軽々と持ち上げると、うずくまっているサマエルめがけて投げつけた。部屋が闇に包まれ、ソフィアの高笑いが響いた。


リリスは意識を失いかけていた。イヴが冷ややかに微笑みながらリリスの手を取った。リリスの口からネバネバした真っ黒い液体が出てきた。液体はリリスの身体に付着し、まるで生きもののように動いてリリスの全身を覆った。イヴはリリスの手を離し、震えるリリスの唇に指を当てて囁いた。

「リリス、リリス……」

真っ黒い液体はリリスの身体を呑み込むと黒い大きな繭となった。繭はリリスの鼓動に合わせて微かに動いている。

「この繭を地下のアラディアの部屋に安置するのだ！」

ソフィアに命じられアザゼルとベルゼブブが繭をゆっくりと担ぎ上げ、横たわるルシフェルとサマエルを横目に見ながら運び出した。

闇の天使がソフィアのもとにミカエルとガブリエルを連れてきた。ミカエルはサマエルを抱えてうずくまっているルシフェルを見つけた。

「兄さん！」

ミカエルは闇の天使を払いのけ、ルシフェルを抱き起こした。

「ミカエルか？　愚かな兄を許せ！」

ルシフェルはミカエルに支えられて立ち上がり、サマエルをガブリエルに託した。ルシフェルの顔には、あの優しい兄の笑みがあった。

その時突然、ルシフェルはミカエルを突き飛ばして闇の天使にぶつけた。その勢いで体勢を崩した闇の天使から刀を抜き取り、ソフィアめがけて飛びかかった。

「ソフィア、我が愚かなる行いを許せ！」

ソフィアはルシフェルの奇襲を交わすことができず、ルシフェルの刀で身体を切り裂かれた。

「ルシフェル様、なぜ？」

ソフィアは目を見開いたまま床に倒れ込んだ。鮮血があふれでて床に広がった。ソフィアは血まみれになりながらイヴに助けを求めた。ルシフェルはイヴを抱き起こし、抱きしめた。

「我が最愛なるソフィア！　そなたを生涯忘れることはない！」

ルシフェルは驚きと恐怖で歪んだソフィアの顔を撫で、口づけした。

「なぜ？　なぜなのですか？　この地球を我らで……」

弱々しいソフィアの言葉を遮って、ルシフェルが言った。

「我が心にまだ光が残っておったのだ！　そなたとは違う血がまだ流れておるのだ！　許せソフィア、我が妃よ！」

ルシフェルは床に落ちていた自らの刀を手に取り、ソフィアの喉元に突き刺した。美しいソフィアの瞳を見つめながら……。

宮殿が大きくざわめいた。無数の闇の天使や女神たちが床や壁から現れると、イヴを壁に引きずり込んでいく。ルシフェルは手を伸ばしてイヴを引き寄せようとしたが、床から現れた無数の手がイヴを一気に壁に引きずり込んだ。

「イヴ！」

ルシフェルがサマエルに目をやると、サマエルも壁に引きずり込まれかけていた。ルシフェルはソフィアから刀を抜き、サマエルを掴んでいる闇の手に投げつけた。が、間に合わず刀は無情にも扉に突き刺さった。ミカエルとガブリエルは闇の天使や女神に素手で応戦していた。

「ミカエル！　ガブリエル！　すぐにこの宮殿から逃げるのだ！」。ルシフェルが叫んだ。

1―3　闇の軍勢の追撃

三人はルシフェルを先頭に階段を駆け下り、中庭まで進んだ。中庭にはアザゼルとベルゼブブが待ち受けていた。その背後にも闇の天使と女神たちが現れて彼らに追いつき、身構えた。三人は完全に囲まれてしまった。ミカエルとガブリエルは闇天使から刀を奪い、臨戦態勢をとった。

その時、後方から迫ってくる闇天使たちが道をあけた。

「どうしたのだ？」

どこからともなくものすごい勢いで突進してくる何かが見えると、ガブリエルもさすがに少し怯んだ。

「あの三ツ首かなりヤバいな！」

ルシフェルは態勢を変え、中庭を突破するように合図した。そして円陣を組み、中庭で待ち受ける闇の軍勢に一気に突っ込んだ。

ルシフェルは恐ろしい力で闇の天使たちを蹴散らし、アザゼルに刀を振りかざした。

ガブリエルも闇の天使の放つ矢を避けながらベルゼブブに詰め寄った。

ミカエルが羽ばたきながら闇の女神を翻弄していたが、ケルベロスがミカエルめがけて飛びかかってきた。ミカエルは地面に叩きつけられながらも、三つの頭の攻撃を寸前でかわしていた。

アザゼルの角を折り、とどめを刺そうとしていたルシフェルがミカエルに気づき、アザゼルを掴んでケルベロスに投げつけた。アザゼルの身体がケルベロスに当たり、共々煉瓦作りの壁に激しくぶつかった。ミカエルは立ち上がると、足元にあったアザゼルの刀を取り、二つの刀を振りかざして迫りくる闇天使たちを撃砕した。ガブリエルはベルゼブブの腰にぶら下がっている斧を見つけた。

「俺様の斧ではないか！」

ガブリエルはすぐにベルゼブブを押さえ込んで斧を取り返すと、とどめを狙った。が、闇の女神の放つ怪しげな粉に惑わされ取り逃がしてしまった。ガブリエルは斧を振り回し、闇の女神たちを蹴散らした。

「ミカエル！　ガブリエル！　私がここでこいつらを食い止める。お前たちはエデンの丘に戻るのだ！　さあ行け！　神の使命を必ず全うするのだ！」

ルシフェルは二人を庇うように闇の軍勢に立ちはだかった。

「いやだ！　兄さん！　共に戦い、共に神のもとに戻ろう」

「無理だ！　ミカエル！　さらなる闇の軍勢がここに集まるであろう。これ以上は我らとて無理だ。生き残れぬ。ここから逃げて仲間の天使を集めよ！」

ルシフェルめがけてケルベロスが飛びかかった。ルシフェルはとっさに身構え、三つの頭の真ん中の頭を殴りつけ、右側の頭に刀を突き刺した。左の頭がルシフェルの右腕に喰らいついた。激痛が走り鮮血が飛び散ったが、左手で引き離し頭を切り落とした。ケルベロスは頭を二つなくしたが、残った頭がよだれを垂らしながら飛びかかってきた。

ルシフェルは刀を正面に構え、ケルベロスが口を開けた瞬間、刀を突き刺し、とどめを刺した。ケルベロスは大きなうめき声をあげ、白目をむいて中庭の石畳の上に倒れ込んだ。ケルベロスの断末魔の叫びが聞こえたのか、海が大きく波打ち、雄叫びがした。

「だめだ！　二人とも逃げろ！」

ルシフェルは拒むミカエルを掴み、力任せに海に向かって投げつけ、ガブリエルに合図を送った。

ミカエルを救いに出たガブリエルは、力いっぱいミカエルを抱きしめ動けぬようにして宮殿を離れた。

「離せ、離せ！　ガブリエル！　兄を、兄を連れて帰るのだ！」

ミカエルが暴れてうまく飛べずにいるところに、海から巨大な怪獣が現れ、牙をむいた。リヴァイアサンだ。ルシフェルはリヴァイアサンに飛びかかった。振り向くと、無数の闇の天使たちが現れてミカエルたちの後を追っていた。闇の天使たちはミカエルたちに追いつくと矢を放ってきた。

「おのれ！　数が多すぎる！」

闇の天使がガブリエルに刀を振りかざしていた時だった。矢が放たれ闇天使を射貫き、落ちていく。矢が飛んできた方向を見ると、光の天使の群れがエデンの丘から飛んできていた。ラジエルを先頭に多くの天使たちが助けに来ていたのだ。光の天使の奇襲を受け、闇の天使たちが次々に墜ちていった。

宮殿にラッパの音が鳴り響いた。追いかけてきていた闇の天使たちは、その音を聞いたとたん、宮殿へと戻っていった。ミカエルたちはルシフェルの指示通り、エデンの丘に向かった。

1―4　ルシフェル、投獄される

ミカエルが逃げ帰る途中振り返ると、ルシフェルがリヴァイアサンに掴まれながらも刀を突き立てて挑んでいた。ミカエルは己の弱さに涙を流した。リヴァイアサンはルシフェルを投げ捨てると、海へと帰っていった。叩きつけられたルシフェルはフラフラと立ち上がった。が、闇の天使たちに取り押さえられ、手枷《てかせ》をはめられて宮殿に連れていかれた。

宮殿ではルシフェルの玉座にサマエルが座っていた。その手には果実酒の入ったグラスが握られていた。幼さなどなく、成長した姿で。

ルシフェルがアザゼルとベルゼブブに引きずられ、サマエルの足元に運ばれてきた。

「我が父よ、どうしたのですか？　ミカエルたちを逃がし反乱を起こすとは……」

ルシフェルは何も答えなかった。サマエルは玉座から下り、うなだれるルシフェルの顔を持ち上げた。

「我が父よ！　本来なら心から憎むべき相手なはず。だが我が母は私の最愛の女神リリスを亡き者にした。だから今は礼を言わせてもらいます」

ルシフェルは生気のない目でサマエルを見つめた。

ルシフェルの背後に闇の天使が現れてルシフェルに足枷をはめ、翼も鎖で縛って自由を奪った。サマエルはさげすんだ表情を浮かべるとルシフェルを地下の牢獄に連れていくよう命じ、再び玉座に座って闇の軍勢をひざまずかせた。

「我が闇の者どもよ、もうすぐアラディアが蘇る。それまではこの玉座は我がものなり」

闇の軍勢はさらに頭を深く垂れてサマエルに忠誠を誓った。

「そうだ、宴の用意をするのだ！　アラディアの復活を祝うために！」

サマエルの高笑いが広間に響き渡った。

陽が昇り、宮殿が輝き始めた頃、広間や中庭に豪華なご馳走が並べられた。多くの闇天使や女神が集い、これから始まる復活祭に思いを寄せていた。

ラッパの音を合図に地下からサマエルを先頭にアザゼルとベルゼブブが黒い繭を担いで広間に入ってきた。

サマエルは玉座の脇に立ち、黒い繭を広間の中央に置かせて声を張りあげた。

「皆、聞くのだ！　これよりアラディアの復活を祝う宴を開く」

皆はグラスを高々とあげ、乾杯した。

その時、大きな扉が音をたてて開いた、体を少し引きずるように男が入ってきた。

男はサマエルの前まで来るとひざまずいた。

「そなたはもしや？」

「お久しぶりでございます！　我が名はアモン！　ソフィア様の命を受け、反逆の天使イブリースを連れてまいりました」

「ご苦労であった！　して、イブリースとやらは？」

その時、怒号をあげてイブリースが入ってきた。

「そなたはルシフェルではないのか？　ソフィアは、ソフィアはどこにおるのだ！」

この場の雰囲気が気に入らないのか、イブリースはかなり不機嫌で、押さえに来た闇天使たちを蹴散らした。

「イブリース様、まずは気を鎮められよ。我が名はサマエル。母はソフィア、父はルシフェルにございます」

イブリースは闇天使を振り払ってサマエルに近づき、まじまじとサマエルを見た。

「そなたがルシフェルとソフィアの子か！　これは失礼をした。道中そのアモンがとても不愉快だったもので、ついつい。ハッハッハ」

アモンは鋭い目でイブリースを睨みつけた。

「して、ソフィアとルシフェルはどこに？」

サマエルは肩を落とし、涙を浮かべて言った。

「母ソフィアは父ルシフェルの謀反により命を落としました。最愛なる母を亡くしたのです」

「ルシフェルが謀反を？」

イブリースは眉をひそめた。サマエルは崩れるように玉座に座り込み、弱々しい声で語り続けた。

「私はどうしていいかわからず、父を地下の牢獄に閉じ込めております」

「道中グダグダと聞かされた話とはかなり違うが、私をルシフェルに会わせてくれないか？」

サマエルは小さく頷くと、アザゼルに地下の牢獄へイブリースを案内するよう促した。サマエルは高圧的なイブリースに怒りを覚えた。

「何様だ、あいつは！　あの態度は何ゆえの……許さぬ！」

サマエルはアモンを呼び、なにやら耳打ちをして果実酒の入ったグラスを渡して念を押した。

「アモン！　わかっておるな！」

イブリースは薄暗い階段を降りると、ゴツゴツした巨大な岩の前に案内された。すると、その岩を支えている別の巨石から無数の腕が現れて、岩を動かし始めた。岩の奥に金属で囲われた牢獄が現れた。

「着きました、ご自由に」

アザゼルに促されイブリースは牢獄の中を覗き込むと、重い鎖を身体一面に巻かれ、うなだれているルシフェルがいた。

「ルシフェル!!」

イブリースはルシフェルに走り寄った。声に気づいたのか、ルシフェルが頭を上げた。

「その声はイブリース！　やはり地球に降りていたのだな」

「そうだ。いや、それよりなぜ后を殺め、謀反を起こしたのだ？」

「すべては闇の女神アラディアの企んだ巧妙な罠であった」

「そうか、それはさぞ無念であったろう」

ルシフェルはイブリースの言葉に慰められたのか、これまでのことを話した。聞き終えるとイブリースは大きく頷いた。

「そうだったのか。だが私はこの地球がどうなろうとも、もはや関係ない。ただ神の創造した人間を我ら天使が育て守ること。それだけは捨ててはおけぬ。して、ルシフェル！　そなたはこれからどうするつもりだ？」

ルシフェルはきっぱり言った。

「すべてを終わらせる！　ただそれだけだ!!」

ルシフェルの強い決意がイブリースに十分すぎるほど伝わった。

「イブリース！　こちらへ」

牢獄の外からアザゼルがイブリースを呼んだ。

イブリースが出ていくと、そこにはベルゼブブがサマエルの命によりアダムとイヴを連れてきていた。イブリースは二人の子供をまじまじと見た。

「これが、この弱き者が人間なのか？　いったいこの者たちに何ができるというのだ？」

イブリースの威圧がすご過ぎたのかアダムとイヴが泣き出した。泣き声は牢獄のルシフェルにも聞こえていた。イブリースはルシフェルのもとに戻ってきた。

「ルシフェル！　私はそなたの動きをしばらく拝見させてもらうことにする」

イブリースはそう言うと笑みを浮かべながら地下牢を後にした。

アザゼルとベルゼブブはアダムとイヴを連れて牢獄を離れた。巨大な岩は無数の腕により再び閉ざされ、静寂がルシフェルを包み込んだ。

「アダム……イヴ……」

1―5　アラディアの復活

広間では宴がたけなわだった。ラッパが鳴り響くとサマエルが玉座から立ち上がって黒い繭のそばにやってきた。

「アラディアが蘇るぞ！」

サマエルの一声とともに黒い繭がガタガタと震え始めた。黒煙が繭から一気に噴き出すと、凍てつくような冷気がたちまち広間中に広がった。闇の女神たちは繭の周りで円陣を組み、呪文のような言葉を発した。宮殿がゆらゆら揺れた。天井から吊り下がっているいくつもの蝋燭が激しく揺れ、こわばった皆の顔が見え隠れしていた。

その時、繭が内側から崩れるようにして割れた。

中から姿を現したのは、あの女神リリスであった。アラディアがリリスの姿になって蘇ったのだ。カッと見開いた目は爛々《らんらん》と輝き、美しい顔が凄まじい形相となった。アラディアは闇天使の群れに飛び込み、誰かれ構わず襲っては喰らい、血をすすった。屍が瞬く間に広間に積み上げられた。

「アラディア様、もうよろしいのでは」

サマエルの言葉でアラディアは我に返り、振り向いた。

「サマエル、我が孫！　成長したな、見違えたぞ」

アラディアは屍を蹴散らしながら玉座に近づいた。

「サマエル！　我が愛する娘ソフィアはどうした？」

サマエルは首を横に振った。アラディアはすべてを悟り、大きな溜め息をついた。

「そうであったか。残念だがこれも仕組みのために我らの礎となったのだな」

アラディアはサマエルを抱きしめて、「サマエル、案ずるでない」と囁いた。

サマエルはそんな言葉よりリリスに抱きしめられたことが嬉しく、胸が震えた。

「これからは私が再びこの宮殿の神官となろう。光の神の創造をすべて壊し、闇の力を思い知らせてやるのだ」

闇の天使や女神たちはアラディアの復活を喜び、忠誠を誓った。

「サマエル、ソフィアの血を飲み干すのだ。そうすれば力が湧き、そなた本来の姿となるであろう。ソフィアもそれを望んでいるはず」

サマエルはリリスの姿をしたアラディアに心をときめかせていた。


地下の扉が開き、イブリースが広間に現れた。アラディアはサマエルの腰からすばやく刀を抜き取って、イブリースめがけて投げつけた。イブリースはそれを片手でヒョイと受け止めると、アラディアの顔をめがけて投げ返した。が、アラディアが息を吹きかけると灰となって消えた。

「イブリース、試して悪かった。さすが大天使一の勇者！」

アラディアはそう言って両手を広げ、満面の笑みを見せた。

「これはこれは闇の女神アラディア様。大変お美しい。されど何ゆえ我を召喚されたのだ」

アラディアは手招きしてイブリースを呼び、サマエルを遠ざけた。

「イブリース、私はすべてお見通しだ。そなたの思い、そなたの嘆きや苦しみ、光の神への忠誠心までも手に取るようにわかる。そなたはルシフェルと同じだ。その心に秘めたる思いを、そなたの抱える闇を私にすべて吐き出すのだ！」

心を見透かされたイブリースは愚かにもアラディアに心を許してしまった。立ちつくすイブリースにアラディアは口づけし、手を取ってソフィアの寝室へ導いた。サマエルは目の前の光景に身体が熱くなり苛立ちを覚えていた。それに気づいたアラディアは妖艶な表情を浮かべると、イブリースの耳を愛しそうに優しく噛んだ。サマエルはイブリースを睨みつけた。

アラディアは笑みを浮かべアザゼルに何かを告げると寝室の扉を閉めた。

ソフィアの寝室の奥に小部屋があり、そこにアダムとイヴがいた。アダムは震えていた。アザゼルはアラディアに言われた通り、イヴだけにソフィアの血とリリスの肉片を混ぜた塊を食べさせた。イヴの髪は黒くなり目は赤く光り、狂気に満ちた形相となった。

アザゼルは闇の女神に合図して食べ物を運ばせた。まもなく銀色の皿に盛られた血の滴《したた》る肉の塊がイヴの前に置かれた。イヴは肉にかぶりつくと一心不乱にむさぼった。

夜が明け、広間にはアラディアが食い散らかした闇天使たちの屍が散乱していた。

ソフィアの寝室ではイブリースがリリスの姿をしたアラディアを何度も激しく求めていた。イブリースはアラディアの闇の魅力に魅了され我心《がしん》を失っていたのだ。イブリースの歓喜の声が部屋の外まで響き渡っていた。

2―1　頼もしき四人の戦士

光の天使たちがエデンの丘に集まり、ミカエルとヤハウェを囲んで策を練っていた。

「ミカエル、宮殿では何が起こったのだ？　ルシフェルはどうなった？」

ミカエルはうつむいたままだった。代わってガブリエルが答えた。

「アダムとイヴが囚われたままなのだ。早く連れ戻さねば……」

眩い光が天界から降り注ぎ、ヤハウェの身体が黄金色になった。神がヤハウェに降りてきたのだ。

「アラディアが蘇ってしまったようだ。そればかりか、ここに集う我が子以外は皆アラディアの僕《しもべ》となってしまった」

天使たちは悲しみ、その場で泣き崩れた。

「だがアラディアは私ともつながっておる。光と闇、すなわち私とアラディアは表裏一体なのだ。だから私の動きはすべて悟られてしまう。私はヤハウェの身体に降りて皆に語りかけることにした。しばらくの間なら悟られることはあるまい」

うなだれていたミカエルが頭を上げ、ヤハウェ神に尋ねた。

「父よ！　では我らはどうすればよいのですか？　ルシフェルは？　アダムやイヴはどうすればよいのですか？」

「アラディアを倒すには我ら光……。いや、私が敗れぬ限り倒すことはできない！」

「どういうことですか？」。ガブリエルが首をかしげる。

「アラディアが私に勝利したと感じた時、思考が一瞬止まる。その時だけアラディアを完全に封じ込めることができるのだ」

「それではアラディアが滅びる前に我らが滅びてしまいます。他に策はないのですか？」。ガブリエルは納得しかねるようだが、ミカエルが意を決して言った。

「父とアラディアはつながっているのですね。ならば我らで策を考えなければすべて悟られてしまいます。我らにお任せください。父よ、あなたは最後の時に絶大なる力をお貸しください！」

「すべてを任せる。アラディアに悟られぬよう、最後の時まで我は沈黙を守ることにする」

その言葉を最後に神の光はヤハウェから離れ、天界へ戻っていった。


「とはいえ、どうすればよいので？」

「ラジエル、私もその策が知りたい……そうだ、ルシフェル、ルシフェルが何か知っているのでは？」

「そうですね。あなた方をお助けになられたのですから、まだアラディアの闇に染まりきってはいないはず」

「兄を、兄を取り戻そう。完全に闇に落ちてしまわぬうちに」

ミカエルはラジエルに精鋭の天使を数名集めるよう指示し、策を練った。

「相手に気づかれぬように我らだけで宮殿に忍び込む」

「わかりました。しばらくお待ちを！」

「少数で攻めるのだな！」。ラジエルに続いてガブリエルが言った。

間もなくラジエルが精鋭の天使たちを連れて戻ってきた。

「天使たちを集めてきました。ウリエル、彼は弓の名手であり戦略にも長けております。ラファエルはあらゆる方面の知識を持っております。ラグエルは戦術にすぐれ誰にも負けぬ強さを持っております。メタトロンは多くを見る目（複眼）を持っており、怒りが身体を覆うと神よりも巨大な力を発揮します」

ガブリエルは天使たちのすごい能力に驚いた。

「さすがラジエル、すばらしい戦士たちを集めてくれた」

ミカエルに褒められてラジエルは頬を少し赤らめた。

「では私がそなたたちの能力を活かした策を講じる。私とガブリエルが宮殿の内部を知っているので先陣を切る。ただ宮殿の手前の海には巨大な怪物が潜んでいる」

「その怪物は私に任せてください。それと私の多数の目は宮殿内部の動きも見ることができます」

皆は唖然としてメタトロンを見た。

「すぐに意味がわかります」

メタトロンは笑顔で言った。

「私の策は……メタトロンの活躍を見てからにする」

「とにかく日の出と共に奇襲だけはかけることにするぞ！」

ミカエルは鎧をまとい、武器を持ち、戦いに備えた。ルシフェルを取り戻すために。

「兄さん……」胸の中でミカエルは呟いた。


宮殿ではアダムとイヴのいる部屋にリリスの姿をしたアラディアが現れ、ギラギラした眼で二人を見た。二人は蛇に睨まれた蛙のように身動きできず、訴えるような目でアラディアを見た。その目を見るやアラディアは優しく微笑み、母の姿を見せた。おもむろに乳房をさらけ出すとアダムとイヴを抱きかかえた。

「これからは毎日我が乳を飲むのだ。かわいい我が子たちよ、よいな」

二人は呪いがかかったようにアラディアの乳房を一心不乱に吸い始めた。

「我が乳は我が命と同じ。飲めば飲むほど身体の成長が早くなるのだ。さぁ飲め、もっと飲め。ハハハハハ」

ソフィアの寝室の扉が開き、イブリースが頭を抱えながら現れた。

「アラディア、私に何をしたのだ？」

アラディアはアダムとイヴを優しく離して椅子に座らせると、卓上の果実の籠から小さな果実を一つ取り、イブリースにすり寄り、あらわになった乳房をあてがった。そして、妖艶な目つきでイブリースを見つめながら果実を口に入れ。イブリースの頬に手を当てて口を開けさせると、その果実を口移しで押し込んだ。

「イブリース、そなたの心の闇とそなたの種が私は必要であった。そなたは私を、この若き女神の身体を無我夢中で求めた、欲望のままにな」

イブリースは全身の力が抜け茫然と立ちつくしていた。アラディアはイブリースに唇を重ね、抱き寄せると耳元で囁いた。

「イブリース、感謝するぞ」


扉が開き、アザゼルとベルゼブブが現れた。無気力のイブリースを押さえつけ、手枷と足枷をはめて部屋から連れ去った。アラディアは再び母の姿を見せると、アダムとイヴを抱きかかえ乳を与えた。

「早く大きくなるのだ、私のためにな」

アラディアの目が赤く染まり、高笑いが部屋に響いた。

引きずられるようにして牢獄に放り込まれたイブリースの身体はボロボロに傷つき、生気を失っていた。そばにいたルシフェルが驚いて声をかけた。

「イブリースではないか。どうしたんだ? 私と同じ過ちを犯したようだな。アラディアにかかったら我らの心などあっさり操られてしまう。無念よのう」

イブリースの耳にルシフェルの言葉は届かなかった。深い闇に呑み込まれ我を失い、イブリースは廃人となってしまっていた。

闇が濃くなった頃、寝室に横たわるアラディアの身体に異変が起こった。腹が大きく膨らみ激痛が走った。アラディアはもがき苦しみながらも高笑いをやめなかった。

「我が愛しき子よ！　早く産まれて来るがよい！」

アラディアはアザゼルとベルゼブブを呼び、闇の女神や天使たちを連れてくるように命じた。

「我が愛する子は多くの血を、生気を欲するのだ！」

そばで眠っていたアダムとイヴにも変化が現れていた。二人とも身体が著しく成長し、成人の身体へと変貌を遂げていた。目を覚ました二人は自分の身体が成長していることに驚いた。もっと驚いたのは自分たちが闇の天使たちと似たような言葉を発していることだった。

「我が命の血が……ハハハ」

アダムとイヴは辺りを見回し、目に映るもの、手に触れるものすべてに興味を示した。アダムは鏡に映った己の姿の変化をまじまじと見た。イヴはアダムを見つめ、なぜか心がときめいていた。それを感じ取ったアラディアは笑みを浮かべて言った。

「イヴ！　心までも成長したようだな」

アラディアは闇の女神に二人の服を用意させた。アダムは渡された服を素直に着るとアラディアの前でおどけてみせた。イヴは服が気に入らなかったのか床に叩きつけ、闇の女神を睨みつけた。イヴの目は真っ赤になっていた。アラディアはそれを見て、「イヴ！　かわいい我が子よ！」高笑いが部屋中に響いた。

イヴは鋭い爪で闇の女神の喉を掻き切った。鮮血が飛び散った。イヴはその血を己の身体に塗り付け、歓喜の表情を浮かべた。アダムはイヴの狂気の行動を見るや、慌ててアラディアの後ろに隠れてブルブル震えていた。

寝室の扉が開き、アザゼルとベルゼブブが新たな闇の女神を連れて入ってきた。

「我が子に血と生気を与えん！」

闇の女神の絶叫が、そこで繰り広げられた惨劇のすさまじさを物語っていた。アダムはたまらなくなって部屋から飛び出し、扉の前にうずくまってガタガタ震えていた。

「イヴ！　もっともっと血肉を欲して闇に染まれ！　ハハハ」

2―2　アダムとイヴを救出せよ

闇が明け始めた。エデンの丘ではヤハウェが天を仰いで祈っていた。

「このエデンの丘に光の神の子らが集い、神に祈る。光が闇を照らさんことを！」

ヤハウェに続き七人の天使たちも祈りをあげた。皆の士気がしだいに高まり、はやる心を抑えて陽が昇るのを待った。

ルシフェルとイブリースは暗闇の牢獄の中で生きる屍のように微かに生きている。

「ミカエルか？」

気配を感じてルシフェルが呟いた。

やがて陽が昇り、エデンの丘に特大の弓が用意された。ウリエルがその矢を放った。矢には箱がぶら下がっている。矢はぐんぐん飛び続け、宮殿の庭園に届いた。箱が開き、中から無数の目玉が弾け出て、辺り一面に散らばっていった。宮殿の外壁の隙間から中に入ったものや、牢獄の巨石の前に転がっていったものもあった。

目玉はメタトロンの神眼であった。目玉が見た光景はすべてメタトロンに記憶され、六人の光の天使に伝えられた。

「ミカエル、どこにもルシフェルの姿が見えないが……」

「アダムとイヴは？」

「子供の姿はどこにもない！　だが天使ではない者が二人、妖艶な女神のそばにおった」

天使たちは顔を見合わせた。

「あの宮殿に天使ではない者がいるとすれば……」

「ガブリエルも気づいたか？　そうだ、メタトロン！　その二人がアダムとイヴだ！」

「でも子供ではなく、我らに似た身体をしておったぞ！」

「どういうことだ？」。ガブリエルがメタトロンに尋ねると同時に、ミカエルが口を開いた。

「まずはアダムとイヴを救い出そう！」

六人の光の天使が空に飛び立った。少数の天使がそれに続き飛び立った。

2―3　闇の王サタン誕生

ただならぬ気配を感じたアラディアはアダムとイヴを寝室に残し、アザゼルとベルゼブブを連れて広間へ下りてきた。サマエルが玉座で果実酒をあおっていた。

「サマエル！　何やら良からぬことが起こるやもしれぬ。インキュバスとサッキュバスが闇の同志を増やし育てておる。その同志を率いて、備えさせるのだ！　アザゼルは闇の軍勢すべての指揮を執れ。リヴァイアサンも宮殿に近い海で待機させるのだ。ベルゼブブ、ルシフェルとイブリースをここへ連れてまいれ！　この気配は光の者に違いない。すぐに戦いの準備をするのだ！」

アラディアの命を受け、宮殿内は慌ただしくなった。

サマエルが渋々玉座から立ち上がりアラディアのそばを通った。

「サマエル！　ソフィアの血は飲み干したのか？」

きつい表情で言うアラディアにサマエルは小さく頷いた。

「サマエル、そなたはソフィアの力を備えておる。目覚めさせてやろう、その力」

アラディアはサマエルに近づくと自らの首を差し出した。

「さあ、私の身体を流れる血を飲むのだ」

サマエルは顔を反らせ嫌がった。愛しきリリスの身体に傷をつけたくなかったからだ。

アラディアはサマエルの戸惑いを感じ取ったが、サマエルの瞳を見つめながら優しく顔を手繰り寄せ、己の首に押し当てた。アラディアの身体を巡る血潮が感じられた。サマエルは心の渇きとリリスへの想いとの葛藤で身体が震え、涙があふれ出た。

「何を悩む、そなたのその弱さには虫唾が走る。闇の王などになれるわけがない」

サマエルの怒りに火が付いた、アラディアの言葉がサマエルの闇を呼び起こしたのだ。サマエルは差し出された目の前のアラディアの首に笑みを浮かべ噛みついた。無我夢中で吹き出る血を吸い続けた。

アラディアは薄笑いを浮かべ、何やら呪文らしきものを呟いた。目が赤く染まり、息づかいが激しくなっていった。アラディアがサマエルを優しく抱きしめると、サマエルの目も真っ赤に染まり、怒りに震えるサマエルの身体にアラディアの血が浸み込み闇の力が増していった。

「そうだ！　もっと怒りを感じ闇に染まれ！」

しかし、アラディアの血の中の記憶の一部には女神リリスの愛の記憶も混じっていた。

「リリス！」

そう叫ぶサマエルの全身の毛は逆立ち、身体も大きく力強さを感じた。翼を大きく広げ、憤怒を秘めた冷たい笑みを浮かべ、深紅の瞳のサマエルが立ち上がった。

「おお！　サマエル！　今、この時、そなたがこの地球の王子となったのだ。そなたが望んだ闇の王となったのだ。そのみなぎる力を感じ我がものとせよ！　絶大なるこの闇の力すべてを受け入れるのだ。闇は無限にそなたに力を与え続けるであろう！」

サマエルは翼を羽ばたかせ、抑えきれないほどの凄まじい闇の力を感じ喜びに酔いしれた。

「サマエル、もはやそなたは闇の王子となったのだ！　光の神の称号などもう要らぬ。これより闇の王サタンと名乗り、光の神の大切な子らを抹消するのだ！」

サタンはいきり立ち、歓喜の雄叫びをあげた。

「サタン、そなたの脳裏にリリスへの熱い思いがあることを感じた。そなたが望むならリリスの身体を好きにすればよいぞ」

アラディアは不敵な笑みを浮かべ、ドレスの胸元を広げた。サタンは欲情を抑えることができず、リリスの身体を持つアラディアを求めた。アラディアは淫靡《いんび》な表情を浮かべサタンに身を任せて言い放った。

「そうだ！　サタン。我が一部となれ。ハハハ！」


アザゼルはベルゼブブについて牢獄に行き、ルシフェルとイブリースを連れ出した。二人は重い鉄の手枷をはめられていた。階段をフラフラと上がると広間に連れてこられた。

「父上！　お変わりありませんか？」

自信に満ちあふれて挨拶するサタンが玉座からルシフェルを見下した。牢獄で光を遮られていたルシフェルの目はほとんど見えていなかったが、闇に染まったサタンの気配を感じ取っていた。

「その声はサマエルか？」

「父上、私は今日より光の神を捨て、闇の王サタンとなりました」

サタンはルシフェルに軽く頭を下げた。そこにドレスを変えたアラディアが現れた。

「愚かなるルシフェル。闇に染まりきれず光の神の声も聞くことすらできぬ哀れな堕天使」

「アラディア！　必ずやこの手でそなたを倒してみせよう。そなたの愛したソフィアをこの手で殺めたようにな！」

手枷をはめられて自由を奪われていながらもルシフェルはアラディアを挑発した。が、アラディアは不敵な笑みを浮かべてルシフェルに近づき、頬をひっかいた。ルシフェルの頬に血が流れた。アラディアは、そばでうなだれていたイブリースを軽々と持ち上げ言葉を吐き捨てた。

「イブリース、私は魅力的であったか？　フフフ」

イブリースは何も答えず、うつむいていた。

「おぉ！　生気を奪い過ぎたか！」

アラディアは今にも倒れそうなイブリースに息吹を吹きかけ、立ち上がらせると刀を握らせた。

「サタン、そなたの力がどのようなものか。孤高の天使、最強なるイブリースをその手で倒してみせよ」

サタンは刀を抜き、イブリースに刃先を向けた。が、イブリースは刀を床に落とした。拾うこともできず、戦う気力さえ持ってはいない。

「私を愚弄するのか？　イブリース」

イブリースはぼんやりサタンを見つめているだけだった。

青い海から一本の矢がアラディアめがけて飛んできた。広間の窓を突き抜け、矢は寸前のところで気づいたアラディアに焼き焦がされた。

「やはり来たか！」

アラディアの表情が一変し憤怒の形相となった。

サタンは大きなラッパを吹き、臨戦態勢の号令を発した。

「サタン！　ルシフェルをやはり牢獄に戻すのだ。鎖を巻きつけて自由を奪い、身体中の血を抜きとるのだ。さぁ行け、サタン」

サタンはルシフェルを担いで牢獄に向かった。

「イブリース、ひと時ではあったが楽しかったぞ！」

そう言ってうずくまるイブリースを踏みつけ、アラディアは身を隠した。


海ではリヴァイアサンが雄叫びをあげながら光の天使たちと戦っていた。大波を起こして天使たちの羽ばたきをさえぎると、何人もの天使が海に飲まれていった。リヴァイアサンに掴まれて海に引きずり込まれ命を落とす者もいた。

「ガブリエル！　何があってもルシフェルを助けるぞ！」

「おう！　だが、このでかい魔物、手ごわすぎる」

「そいつは私に任せてください！」

メタトロンは翼を大きく広げて神に祈った、「我が力が神の力なり」。光を放つとみるみる身体は大きくなり、リヴァイアサンを上回る三十六対の翼が生え炎が噴き出した。

ラグエルがリヴァイアサンに矢を放ったが、リヴァイアサンは矢を避け、無防備のラグエルを掴んだ。ラグエルは締め付けられ、もがき苦しんだ。

メタトロンが前に立ち、炎の腕でリヴァイアサンを殴る。その勢いは強くラグエルを手放した。リヴァイアサンが鋭利な鱗の付いた巨大な尻尾でメタトロンに反撃した。メタトロンの腹が裂かれ、腹の中から一気に炎が噴き出ると、全身に炎が燃え広がり、巨大な火柱となってそびえ立った。

ガブリエルはラグエルを受け止めると、一気に宮殿を攻めた。

リヴァイアサンはもう一度尻尾を振り上げたが、メタトロンはそれを受け止め持ち上げた。メタトロンの全身の炎がリヴァイアサンに燃え移った。熱さのあまり戦意を喪失し逃げようと暴れ狂うリヴァイアサンをメタトロンはそのまま陸に叩きつけた。すかさずメタトロンは必死で海に逃げようとするリヴァイアサンを掴み、全力で翼を羽ばたかせ大空に舞い上がるが、リヴァイアサンは鱗を逆立てて鎧を作り、黒火炎を吐いてメタトロンを攻撃した。

ミカエルたちはようやく宮殿の庭園に降り立ったが、なんだか様子がおかしい。

「なぜ誰もいないのだ？　気配さえ感じない」

ミカエルが宮殿を見上げ屋根を見た時、メタトロンの目玉が合図していた。

ミカエルはウリエルに合図を送り、屋根を覆うクリスタルの囲いに矢を放たせた。クリスタルは強く矢を跳ね返し傷さえつけることができない。続いてウリエルが手を加えた矢じりを付け替え、寸分の狂いもなく正確に同じ箇所に矢を放った。ウリエルが何度か矢を放ったその時、クリスタルにヒビが入った。そのヒビめがけてガブリエルが飛びつき斧を振り下ろす。

勢いよくクリスタルが砕け、穴が開いた。その穴をくぐり屋上へと移動した。

時同じく、大きな扉が破壊され、闇の軍勢が庭園に一気に攻め込んできた。

「誰もいないぞ！」闇の天使の声が轟き渡った。


ミカエルたちが屋上に着くと、メタトロンの目玉が煙突に案内した。ミカエルが先頭になり煙突に飛び込み、その後にガブリエルも続いた。長い煙突である。

しばらく降りると、うっすらと明かりが見えてきた。ミカエルたちは迷わず一気に飛び出た。そこには椅子に座って果実酒を飲んでいるサタンがいた。ミカエルたちはサタンの変貌ぶりに戸惑いながらも刃を向けた。

「サマエルなのか？」

サタンはそばに置いてあった刀を手にし、ミカエルの刀を振り払った。

「ミカエル様、いかにもサマエルでございます。されど以前のサマエルはもはやここにはおらず、目の前にいるのは闇の王サタンでございます」

サタンはそう言うとミカエルに容赦なく剣を振り下ろした。サタンの力が強過ぎてミカエルは弾き飛ばされた。サタンは笑みを浮かべ、ミカエルに飛びつくと、ミカエルの首めがけて刀を振り下ろした。

一方、アザゼルとベルゼブブは後から現れたガブリエルに猛攻撃を仕掛けた。アザゼルは素早い動きでガブリエルの動きを制し、ベルゼブブがとどめを狙った。まさに絶体絶命――。

その時、煙突からウリエル、ラファエル、ラグエルが飛び出してきた。ウリエルはサタンに矢を放ち、両腕を射ぬき、サタンが刀を落とした隙にウリエルが体当たりしてミカエルを助けた。

ガブリエルを攻めているアザゼルにラファエルが拳を見舞うと、アザゼルは壁に叩きつけられた。ラグエルはベルゼブブが構えていた剣を払いのけ、肘鉄《ひじてつ》を眉間に食らわした。ラグエルはミカエルとガブリエルの前に立ち、もがき苦しむベルゼブブの盾となった。

「ミカエル、ガブリエル。ここは我らに任せて地下へ」

ウリエルは立ち上がろうとするアザゼルに刃を向けて叫んだ。ミカエルは頷き、地下牢へ急いだ。

2―4　ルシフェルを救出せよ

地下牢には鉄の鎖で巻かれたルシフェルが鉄の台に横たわっていた。ルシフェルはアラディアの術で眠らされていて、アラディアがその前に立って呪文を唱えていた。

アラディアは呪文を唱え終えるとルシフェルの首に牙を立てて血を吸い始めた。アラディアは恍惚とした表情で、口に含んだ血をそばで横たわるイブリースにも口移しで飲ませ、新たな呪文を唱えた。

「イブリース、目覚めよ。そなたの身体、我に与えよ。ルシフェルの持つ力とそなたの絶大なる力を我に与えよ」

アラディアの身体から黒い煙が噴き出し、煙はイブリースの体内に吸い込まれた。するとイブリースは目を見開き、闇の力を備えた魔神イブリースとなって、雄叫びをあげて立ち上がった。

「イブリース！　この地下牢に誰も入れてはならぬ。誰であれ、阻止するのだ」

アラディアに命じられたイブリースは地下牢から出て、扉を閉めた。

アラディアは再び呪文を唱え、小刀を取り出すとルシフェルを刻みだした。一言唱えては一刺し、身体のありとあらゆる箇所を刺した。ルシフェルの身体から噴き出した血は大きな甕《かめ》に集められた。

宮殿内ではウリエルたちがサタンと戦っている。戦いは激しさを増し一進一退の攻防が続いた。そこへ闇の軍勢が攻め込んできた。インキュバスとサッキュバスが指揮を執っている。

「おのれ！」

おびただしい数の軍勢にウリエルたちは覚悟を決め、力の限り立ち向かった。

「この隙にミカエルを追いかけるぞ！」

サタンの掛け声とともにアザゼルとベルゼブブがサタンについて地下牢に向かった。

ウリエルが海に向けて矢を放った。矢は白い煙を出しながらエデンの丘へ飛んでいった。メタトロンがその矢を見た。メタトロンはリヴァイアサンに強力なパンチを浴びせた。が、リヴァイアサンは身体をひねらせるとメタトロンの腕に噛みつき身体を巻き付け、すかさず口を大きく開けてメタトロンに黒火炎を浴びせた。

「それを待っていたのだ！」

メタトロンはリヴァイアサンの口にもう一方の腕で強烈なパンチを食らわせた。腕が喉の奥まで入った。リヴァイアサンはもがき暴れ、硬い鱗を逆立てメタトロンの腕を切り落とそうとする。メタトロンはさらにもう一方の腕も口に突っ込み渾身《こんしん》の力を込めた。ギシギシと音がして、メタトロンが祈りを込めると二本の腕が燃え上がり、リヴァイアサンは身体の中から燃えだした。

「グッ、ガ、グッ、ゴ……」

リヴァイアサンの身体は三つに裂け、一片は岩場の山上近くに、一片は森林の中に、一番大きな塊は海へと飛び散った。炎が消え、メタトロンは小高い丘に倒れ込んだ。身体はまったく動かず、目から正気が消えていた。

エデンの丘で宮殿を監視していたラジエルは、白い煙を出して飛んでいる矢を見つけた。ラッパを大きく鳴らし、天使たちに戦闘の合図を出すと、天使たちがエデンの丘から宮殿めざして一斉に飛び立った。


サタンは身を隠すと地下牢には行かず、アダムとイヴの部屋に向かった。アザゼルとベルゼブブは気づくこともなくそのまま地下牢へ向かった。サタンが部屋に入ると、アダムとイヴがうずくまって震えていた。サタンは二人の頭を優しく撫でながら言った。

「アダムとイヴよ、この部屋から出るのだ。何も怖がることはない！　私が連れ出してあげよう」

二人の手を取り、小瓶に入った液体を渡して飲むように促した。その液体はソフィアの血であった。サタンは二人を連れて秘密の抜け道を抜け、庭園に出た。庭園から海の彼方に光の天使たちが攻めてくるのが見えた。サタンは険しい表情を浮かべたが、アダムとイヴには笑顔で話しかけた。

「アダム、イヴ、よく聞くのだ！　もうすぐ光の天使たちがここに来る。そなたたちは天使たちと行くのだ、よいな」

そう言い残しサタンはその場から消えた。イヴはいつまでも笑顔で手を振り続けていた。

ウリエル、ラファエル、ラグエルは大勢の闇の天使を倒していたが、すでに限界がきていた。

「こいつらいったい何人いるのだ、キリがない！」

「ラファエル、ウリエル、そろそろ俺も力が尽きそうだ」

「ラファエル、ラグエル、あと少し、もう少し耐えるのだ！」

地下牢では甕にためたルシフェルの血をアラディアが地底に続く穴に投げ入れた。

「かわいそうなルシフェル。私が母となり、再びこの地球の王としてやろう」

アラディアは呪文を唱えた。ルシフェルの傷は癒え、血も止まった。呪文を唱える声は荒々しくなり、身体から噴き出した黒い体液とルシフェルの血を混ぜたものをルシフェルに飲ませるとさらに呪文を唱える声は激しさを増した。深い闇が現れ、アラディアとルシフェルを一つに包み込んだ。

3―1　一進一退の攻防が続く

ミカエルとガブリエルはようやく地下牢にたどり着いた。ミカエルが扉に手をかけた瞬間、柱の陰から怒号と共に斧が振り下ろされた。ミカエルはとっさに斧を避けた。斧はガブリエルにも振り下ろされた。

「何者だ！」

暗くて敵の姿も見えず動きもわからず、二人はひたすら攻撃をかわすことしかできなかった。ミカエルは動きを止めて相手の気配に神経を集中させた。息を吐く音がかすかに聞こえた。ミカエルは刀を振り上げて音がする方に切り込んだ。感触はあった。しかし何者かに喉を掴まれ、地下牢の扉に叩きつけられた。力の強さにミカエルの意識が遠のいていく。

攻撃はガブリエルにも及んだ。ガブリエルは首を絞められ天井近くまで持ち上げられ、足をばたつかせて逃れようともがいた。遠のく意識の中、天井から下りている縄が目に入った。縄から微かに果実酒の臭いがした。

ガブリエルは手を伸ばしてその縄を必死に引っ張ると、縄で止めてあった枷《たが》が外れて酒樽が動き出した。いくつもの酒樽が転がり壁に当たって破裂し果実酒が吹き出した。

天井の隙間から果実酒が垂れてきた。ミカエルはその果実酒を身体中に浴びると、意識を取り戻した。イブリースがガブリエルの首を絞めつけて吊り上げているのが目に入った。ミカエルは飛び起きるとイブリースの腕をめがけて刀を振り下ろした。イブリースの腕は宙を舞い、ミカエルの足元に落ちた。

イブリースはガブリエルを捨て、片腕でミカエルに迫った。ミカエルは刀を振り回し、壁や床を切りつけた。いたるところで火花が散った。火花が果実酒の染みた縄に引火すると、瞬く間に火は燃え広がった。ミカエルは刀を振りかざして迫るイブリースを見据えた。ガブリエルの斧を投げつけた。斧をよけるイブリースの隙ができた脇腹にミカエルは身体ごと突っ込むと刀を突き刺した。イブリースはもんどり打って火の中に倒れた。火が身体に燃え移り、のたうち回った。

「ガブリエル！　ガブリエル！」

ミカエルが呼びかけると、大きな咳をしてガブリエルは息を吹き返した。

「あのデカイヤツはどうした？」

ミカエルが微笑んで頷くと、ガブリエルは安堵した。しかし、火はどんどん燃え広がり勢いを増していた。炎の奥からアザゼルとベルゼブブが槍と刀を掲げて向かってきていた。

地下牢内ではアラディアがルシフェルに覆い被さっていた。

「ルシフェル、私にすべてを預けよ。我が身体の一部となりて、闇の王として蘇るのだ」

アラディアの身体が大きく膨らみ、ルシフェルの身体をどんどん吸収し始めた。吸収し終えるまでに時間はかからなかった。アラディアは繭のように固まり、動かなくなった。

ミカエルは火のついた木片を持ち、身構えた。ガブリエルは斧に縄を巻きつけ火をつけた。その時、ベルゼブブの槍がガブリエルめがけて飛んできた。ガブリエルは避けきれず槍は肩に刺さり、痛みで顔が歪んだ。

ベルゼブブは尖った尻尾を立ててガブリエルに飛びついた。ミカエルが火のついた木片をベルゼブブに投げつけると、火はベルゼブブの身体に燃え移り、ベルゼブブは床を転がり回った。ガブリエルは肩に刺さった槍を抜くと、ベルゼブブの腹に突き刺した。

ミカエルの背後でアザゼルが二本の刀を持って構えていた。ミカエルは素早く羽ばたいてアザゼルの攻撃をかわす。しかしアザゼルも二本の刀を巧みに操り、ミカエルを追い込んだ。

ラジエルの指揮のもと、闇の軍勢めがけて矢が一斉に放たれた。矢に当たって数人が倒れた。守りが甘くなったところを光の天使たちが一気に攻め込んだ。勢いは止まらず宮殿の中まで攻め込み、形勢は逆転した。

ラジエルは宮廷の柱の陰で怯えている人間を見つけた。アダムとイヴだ。

柱の前に降り立つと、アダムとイヴはラジエルに気づき飛びついてきた。

「お前たちはアダムとイヴなのか?」

二人が微笑んだ。すっかり成長した二人の姿に驚きながら、ラジエルは二人を優しく抱きしめた。

「ラジエル！　ラジエル！」

「もう安心するのだ、ここから連れ出してやるからな」

ラジエルは二人を連れてエデンの丘に飛び立った。アダムは懐かしさで涙が止まらなかった。イヴは無表情で遠のく宮殿を振り返り、いつまでも見続けていた。

ラジエルらの後を追って黒い一人の天使が飛び立った。

宮廷では光の天使の勢いは衰えず、闇の天使や女神たちが地下へと後退し始めた。中には戦意を喪失して逃げ去る者もいた。ウリエルはラグエルに指揮を任せ、ラファエルと共に地下へ降りると、燃え盛る火の中に飛び込んだ。


ミカエルはアザゼルの刀を受け止めた。そこをガブリエルが攻め込み、アザゼルの脇腹に拳を決めた。アザゼルは振り返りざまに刀を振り下ろした。ガブリエルはその刀を受け止め、さらにもう一発顔面に拳を見舞った。たじろぐアザゼルにガブリエルは一気にとどめを刺そうと狙った。が、悲鳴をあげたのはガブリエルだった。火にくるまれて倒れていたはずのイブリースが起き上がり、ガブリエルを掴むと腕をへし折ったのだ。倒れ込むガブリエルを尻目にイブリースはミカエルに突進してきた。アザゼルをもなぎ倒し、ミカエルを掴まえると何度も拳を振り下ろした。ミカエルの意識が遠のいていく、その時、アザゼルは光の天使の気配を感じた。

「まさか！　我らの軍勢が敗れているのか？　インキュバスとサッキュバスを連れ出さないと」

アザゼルはベルゼブブの亡骸を見捨て、抜け道から地下牢を離れた。

ミカエルの首が軋み、限界を迎えかけている。ガブリエルはなんとか立ち上がりかけたがイブリースに悟られ首を踏みつけられた。絶体絶命！

「光の神のもとへ帰れ！」

ミカエルの首の骨が砕かれかけた時、数本の矢がイブリースを捉えた。額と胸と腹に矢が突き刺さったイブリースは弾き飛ばされ、ミカエルとガブリエルは解放された。ウリエルの放った矢がミカエルたちを救ったのだ。イブリースは目を見開き、天を仰ぎ、火の海に倒れた。燃え盛る炎の中、ウリエルとラファエルはミカエルとガブリエルを背負い、地下牢を出た。光の天使たちは闇の軍勢を制圧し勝利を得た。

改めてラファエルと光の天使たちが地下牢に入ってきた。火は地下牢を燃やしつくしたが、なんとか形は保たれている。木片の焦げた臭いと果実酒の甘い臭いが鼻をついた。松明《たいまつ》をかざして辺りを見回すと、貯蔵庫にも穴が空き、食材はほとんど灰になっていた。引火の元となった酒樽もほとんどが焼け焦げていた。酒樽の横に黒焦げになった死体がいくつかあった。ラファエルは光の天使に命じて焼死体を運び出させた。

地下牢は煤で黒くなっていたが、牢獄自体はまったく損傷していなかった。重い頑丈な扉は押しても引いてもまったく動かなかった。

「この牢獄の中はどうなっておるのだ？」ラファエルが首をかしげて呟いた。

宮殿の広間ではガイアをはじめ多くの女神が、負傷した光の天使たちの手当てをしていた。そこには命を落とした天使の亡骸もあった。女神たちは天使たちの傷に手をかざして柔らかい光を当てていた。

幼い頃のミカエルが真面目な顔で戦術を学んでいるのが面白くて、ルシフェルは笑いが止まらなかった。

「笑ってないで、ちゃんと教えてよ、兄さん！」

ルシフェルに甘え走り寄ろうとした時目が覚めた。ミカエルは夢を見ていたのだ。

「ミカエル！　大丈夫か？」

「ああ、ウリエルか。ルシフェル、ルシフェルを助けなければ！」

全身に痛みが走り、ミカエルはウリエルに倒れ掛かった。

「無理をするな。その身体ではまだ無理だ」

「いくらミカエル様でも……」ガイアもミカエルを引きとめる。

「ルシフェルが呼んでおるのだ！　早く兄のもとへ行かなければ」

傷だらけのガブリエルが天使に抱えられてやってきた。

「ミカエル、気持ちはわかるが、もう一度策を練り直そう。今回の戦いで多くの命が失われた。

もう少しでそなたも私も同じ運命になっていたかもしれぬ」

ガブリエルは険しい目でミカエルを見つめた。

ウリエルは天使たちにエデンの丘に戻るように指示した。天使たちは負傷している天使や女神を各々連れて飛び立った。ラグエルはガブリエルとガイアを連れて飛び立った。ミカエルも数名の天使に抱えられ後に続いた。

ラファエルはこの場にとどまると、天使たちを伴って地下に戻っていった。地下牢が気になっていたのだ。ラファエルは眉をひそめた。炎に焼かれても開かなかった牢獄の扉が開いていたのだ。牢獄からは無数の小さな玉が光を放ちながら飛び交っていた。部屋の中央で大きな塊が奇妙な動きをしていた。

「な、なんだ、この動く塊は？」

陽が沈み、闇が広がった。三つに裂かれたリヴァイアサンの身体が各々の意識や意思を持ち動き始めた。海に飛ばされた一番大きい塊は身体を再生し始めた。

エデンの丘ではラジエルが連れて帰ったアダムとイヴを女神たちがもてなした。温かいスープやパンを与え、身体も綺麗に拭いて新しい服を与えた。アダムはおいしそうに平らげ、スヤスヤと眠り始めた。

しかし、イヴは何も口にせず虚ろな目で壁を見続けていた。そんなイヴをガイアは怪しんでいた。

離れの部屋にミカエルとガブリエルが運び込まれた。二人は瀕死の重傷を負い、傷口から血が流れでていた。女神たちは二人を精いっぱい手当てした。他にも負傷している天使たちが大勢いたが部屋に入りきれず、野原に倒れ込み痛みに耐えていた。

イヴが負傷している天使のもとにやってきて、優しく手を当て介抱し始めた。イヴの優しさと笑顔に天使が心を許した瞬間、イヴはその傷口にかぶりつき肉を喰らい始めた。天使はもんどり打って大声をあげた。手当てを受けていた天使たちが一斉に目を向けた。イヴは笑顔のままおいしそうに肉片を喰らい続けた。

天使の悲鳴を聞いてラジエルが駆けつけてきた。いったい何が起きているのか、ラジエルは目の前で行われていることが理解できなかった。危険を感じて、ラジエルはとっさにイヴを突き放した。イヴは転がり、頭を樹にぶつけると意識を失った。ラジエルは天使の傷口に手を当てながらガイアを呼んだ。ラジエルは樹に頭を打ちつけ意識がないにもかかわらず、手にした肉片を喰らい続けるイヴの姿に心が凍てついた。

海ではリヴァイアサンが完全に再生し、深い海に静かに沈んでいった。陸地や山岳のリヴァイアサンも形を変え再生し終わり、闇に身を潜めた。

生き残った闇の使いたちは宮殿を出て岩場の隠れ家に集まっていた。アザゼルとインキュバスとサッキュバスたちがそこに潜んでいた。アザゼルは見捨てたベルゼブブのことを気にしていた。

「サタンはどこに行ったのだ？」

「サタンが消えさえしなければ我らは勝利したものを」

「光の天使の援護が来る前にミカエルの首を取れたのにな」

今さらながらサタンの行動に怒りが込みあげてきた。

「まずは軍勢を増やさねば。アモンも探さねば。戦いの前から姿がなかったのでな」

アザゼルがインキュバスとサッキュバスに、残った天使や女神と交わるように示唆した。


美しい星々が光り輝き、月明かりに優しく照らされ、宮殿は静寂に包まれていた。

ラファエルは繭が気になり軽く触れてみた。感触は見た目よりは柔らかく、とても冷たかった。なぜか懐かしさも感じる。しばらく撫でていると中から手が出て、ラファエルを引っ張った。油断していた！　ラファエルは焦りもがくも、どんどん中に引き込まれていく。護衛の天使たちが気づきラファエルの腕を引っ張ったが抜けない。他の天使たちも加わり全力で引っ張ると、ようやく引き抜くことができた。

安堵したその時だった、繭が形を変え、近くにいた天使を呑み込むようにして覆い被さった。繭から黒い霧状のものが出てラファエルと天使たちに振りかかると、痛みが全身に走った。我慢できず、皆が這うように地下牢から逃げ出した。残っていた果実酒で黒い霧状のものを洗い落とすべく、互いに果実酒を掛け合った。痛みこそは取れたが誰もが意識がもうろうとしている。

繭は再び動かなくなり、地下牢の扉も静かに閉まった。

太陽が昇ると、エデンの丘ではヤハウェが祈りを始めた。陽の光が輝きを増し、丘一面を照らした。ヤハウェは光に包まれ、みなぎる力を感じた。ヤハウェが負傷している天使たち一人一人に手をかざすと、苦痛に歪む顔が穏やかになり傷も癒えていった。

ヤハウェはミカエルとガブリエルのもとに行き、傷口に手をかざした。手から出る光のエネルギーが二人の傷をたちまち癒やした。二人は目を覚まし、光に包まれていることに気がついた。傷も癒え力がみなぎってきたことに感謝した。その光は海のそばで動かなくなっていたメタトロンにも届いた。メタトロンも目を開くと、光のもとに目を向けた。ヤハウェはメタトロンに意識を送り神の声を伝えた。

「メタトロン、偉大なる勇者よ。神の御言葉を告げる。そなたは天界に戻り、この地球の未来のため、アラディアを封じ込めるため、天界の柱となり仕えてほしいとの仰せだ」

メタトロンは微笑んだ。無数の目玉が群をなして宮殿からメタトロンの身体に戻った。メタトロンは天を仰いで両手を突き上げた。眩い光がメタトロンに降り注ぎ、その光に乗って天界へと戻っていった。ヤハウェに再び光が降りた。神の声を聴いたヤハウェは静かに頷いた。眩い光は薄れ、いつもの陽の光に戻った。

アダムは神の光を浴びて光っていた。一連の光景を見ていたアダムは光の神を感じた。目には涙を浮かべていた。イヴは光の当たらない物陰で目をぎらつかせながら様子を窺っていた。監視されながら。

ラジエルがイヴを案じ、救済の方法について悩み考えながら部屋に戻ると、目の前にメタトロンの目玉が一つ降りてきた。その目玉はラジエルの眉間にくっついた。ラジエルは驚き、のけぞった。目玉はメタトロンがそれまでに見たすべての映像と、天界に戻ってから見た映像をラジエルの頭の中に映し出した。事の始まり、ソフィアの役割など、すべてが納得できるものだった。ラジエルは大急ぎで羊皮紙と羽根を用意すると、それらすべてを一心不乱に書き留めた。ラジエルの背後の物陰で何かが動いた。姿は見えず、目だけがぎらぎら光っていた。


心が癒やされ身体が治ったミカエルは、光の天使たちの前に立って言った。

「皆の者、今回の作戦は失敗に終わった。そなたたちが助けてくれなければ私も危ういところであった。本当にありがとう。惜しくも命を落とした天使たちに黙祷を捧げよう」

皆、頭を垂れ、彼らの魂が無事天界に戻れるようにと祈った。

「皆の働きにより神の創造されたアダムとイヴは連れ戻すことができた」

ミカエルがねぎらいの言葉をかけると、皆、拳を高く突き上げ、歓喜の雄叫びをあげた。

「ルシフェルは残念ながら救うことができなかった。アラディアに取り込まれて……」

ミカエルの目に涙があふれた。

「我らの敵は闇の女神アラディアだ。闇が光を覆いつくすことなどできぬ。闇の魔物たちを仕留め、アラディアを必ず倒すのだ」

「ミカエル！　ミカエル！　ミカエル！」

皆、ミカエルを讃えた。

岩場の隠れ家に潜んでいた闇の魔物たちは、インキュバスとサッキュバスの働きにより闇の天使や女神が新たなる命を次々と産み出していた。

「しかし、すごい力だな、こんな短期間でこんなに増えるとは」

「あと二日もあれば、また元の数に戻るであろう」驚くアザゼルにインキュバスが答えた。

インキュバスはあらゆる闇の女神に種を入れ、半日で産まれさせていた。かたやサッキュバスは、闇の天使の種を宿し一時間ほどで産み落としている。産まれた天使や女神たちもすぐに成人となった。陽が沈むと同時にアザゼルは闇天使を数人連れて宮殿へと戻った。

3—2　闇の子ベリアル現れる

宮殿の地下で大きな揺れが起きた。

「なんだ、この揺れは！」

ラファエルたちは慌てて地下に走った。天使が報告する。

「地下牢の扉が開いていて、あの繭から波動が出て地下全体を揺らしています」

揺れはますます大きくなり、何かに掴まらないと立っていられなくなった。

繭にひびが入りできた割れ目から黒煙が噴き出した。何やら呪文らしきものも聞こえてきた。

「身構えよ！」

大揺れに揺れ、黒煙で視界を奪われるなか、ラファエルの号令のもと天使たちは刃を構えた。繭が激しく破裂した。その衝撃でラファエルたちは壁に叩きつけられた。意識が朦朧とするなか、ラファエルは繭から出てきた者の姿を見た。

「ルシフェルなのか……」

ラファエルは意識を失った。ルシフェルは静かに歩き始め、地下を出ていった。飛び散った繭の破片が再び一つに集まりだした。集まった繭は溶けて液体になり、アメーバになり倒れている天使たちに覆い被さり精気を吸い始めた。

アメーバはどんどん成長していった。最後に残ったラファエルに覆い被さろうとした時動きが止まり、中から手が飛び出した。その手が自らを引き裂くと中から現れたのは冷ややかな目をした闇の者であった。悲しみや怒りや恐怖を好み、一瞬ですべてを凍らせてしまう闇の者――。しかし、ラファエルに目をやるも興味が湧かなかったのか、身体を払いのけ唾を吐くと地下牢を出ていった。

ルシフェルは王の椅子に腰掛け、広間を見渡した。

「何も感じぬ。いったい何があったのだ?」

広間には夥しい血が飛び散り、無数の屍が辺りを埋めつくしていた。

ルシフェルは食卓の上にあった果実酒を飲みながら記憶をたどっていた。

地下牢から何者かの足音が近づいてくる。ルシフェルが足音の方に目を向けると、そこに女神か天使かわからない妖艶な者が現れた。

「そなたは何者だ？」

妖艶な者は不思議そうな顔をしてルシフェルを見ていた。

「私はそなたを知っている。母の腹の中で感じた、あの鼓動の者だな」

ルシフェルは眉をひそめた。

「母だって？」

妖艶な者は屍の中に焼死体となったイブリースとベルゼブブを見つけた。何かを感じたのかイブリースとベルゼブブに近づき、頬に触れた。

「この者が我が父？」

妖艶な者はしげしげとイブリースを見、

「この者は我が僕《しもべ》？」

さらに黒焦げになったベルゼブブをまじまじと見た。

ルシフェルは瓶に入った果実酒を飲み干した。

妖艶な者はルシフェルに目をやり、話し始めた。

「我が名はベリアル。我が母は闇の女神アラディア。我が父はそこのイブリース。して、兄弟がそなたルシフェルだ！」

ベリアルはルシフェルに近づき、持っていたグラスを奪った。ルシフェルは不機嫌な顔をして言った。

「ベリアルとやら、よいか。そなたが何者であっても私には関係ないこと。アラディアから生まれたとはいえ、兄弟でも何でもない。それよりも早くここから立ち去るがよい」

「私は闇の神アラディアの後を継ぐ者。そなたに邪魔はさせない。今はそなたが闇の王らしいが、その座を私が手に入れる。だからそなたにまとわりつき、そなたの行く末を見させてもらうつもりだ」

「好きにするがよい。アラディアが私を闇の王と決めた、ただそれだけのこと」

ルシフェルはベリアルを押しのけ、イブリースに近づくと頬を撫でた。

「哀れな姿になってしまったな」

「私が父を蘇らせてやろう！　その僕もな！」

ベリアルはルシフェルを押しのけ、イブリースとベルゼブブに手を当てて呪文を唱え出した。

地下牢の扉が開き、黒煙が噴き出した。黒煙はまたたく間に広間に充満し、渦を巻いた。渦は大きくなって宮殿内を呑み込んだ。地下に潜んでいた無数の黒い虫や闇に愛された命が現れ、イブリースとベルゼブブの口から体内に入っていった。

ルシフェルは奇妙な出来事に驚き、怪訝な顔をして出ていった。

アザゼルと闇の天使たちは黒煙に紛れて宮殿の中に侵入し、身を潜めていた。

「あれが蘇ったルシフェルなのか？　呪文をあげている者はいったい？」

アザゼルは天使の一人に命じ、仲間を連れてくるように命じた。

エデンの丘ではヤハウェが神の声を聞いていた。ミカエルが尋ねる。

「ヤハウェ、何が起きておるのだ？」

「はい、ミカエル様。神の御言葉では、闇の力が弱っているこの機に輪廻転生の計画を早めるとのことでした」

「アダムとイヴをまた作るということか」

「その通りでございます。ただアダムとイヴのこともあり、成長した姿で誕生させるとのことでした」

丘の近くの川沿いで、光が満ちるとそこに成長した人間が五人、降ろされた。皆、怯えてうずくまっている。

ヤハウェは神の御言葉をまた聞いた。そして天に会釈をし、果実をいくつかもいだ。

「ヤハウェ、神が来られるのか？」

「違います！　初めての試みですが、この実をあの者たちに食べさせよ、知恵が授かるはずだ、との御言葉です」

ヤハウェとガブリエルが人間のもとに飛び立った。

「成長はしておるが、姿はアダムとイヴと変わらんな」ガブリエルが言う。

部屋で書き物をしていたラジエルも気になり部屋から出てきた。

いつしか黒い影がラジエルの机の方へと忍び寄ってきた。机の上には羊皮紙と羽根があった。影は羊皮紙を開いた。そこにはこれまでの出来事がすべて事細かく書かれていた。さまざまな戦いのこと、アダムやイヴのこと、天界のこと、天使の名前や闇の天使のことなどもすべて……。

「とても興味深い。いつか我が物としよう」

そう呟くと、影は部屋を出ていった。


ヤハウェとガブリエルは怯えている人間たちに果実を与えた。人間たちはむさぼるように食べた。食べ終わるや人間たちに生気が満ち輝き出した。そればかりか驚くことに言葉を発し、会話を始めた。

「神の果実、驚きの効果だな」

ガブリエルが目を見開いて言うと、そこにラジエルが飛んできた。

「ラジエル、メタトロンの記憶、すべて書き終わったのですね」

「終わった。しかし、こりゃまた！　我らの神はほんとにすばらしい！」

「ここにいてはまた闇の天使たちが来るやもしれん。ひとまず丘の村に連れていこう」

人間たちを抱えると丘まで戻っていった。

「なかなか面白いことになってきた」

影はそういってほくそ笑んだ。

3―3　我が名は闇の王ルシファー

ルシフェルが鎧を身につけ宮殿の広間に戻ってきた。広間の隅ではイブリースとベルゼブブがまだ横たわっていた。ベリアルは王の椅子に座り、集めてきた果実酒を片っ端から飲み干していた。

「ルシフェル、どこにいた？　我が父と僕が蘇ったぞ、闇の戦士としてな」

ベリアルの合図と共にイブリースとベルゼブブは起き上がり、ルシフェルに近づいた。

「イブリース、私がわかるのか？」

イブリースは頷いた。ルシフェルはイブリースを抱きしめ喜んだ。

身を潜めていたアザゼルがベルゼブブの生きている姿を見て姿を現した。それに続き闇の天使たちも現れた。

「そなたたちは何者だ？」

「我らはアラディアに仕えし者。そなたこそ何者だ」

「我が名はベリアル。闇の女神アラディアの子」

アザゼルは疑った。

「本当にアラディアの子供なのか？　アラディアの力、そなたからはまったく感じられぬが」

怒ったベリアルはものすごい早さでアザゼルに近づき、首に手をかけた。アザゼルはもがき苦しみ、ベリアルは得意げに笑みを浮かべた。見かねたルシフェルが背後からベリアルを掴み壁に叩きつけた。ベリアルは素早く身をひるがえすと、ルシフェルに襲いかかった。

「ベリアル、私は闇の王なるぞ！」

ベリアルの動きはルシフェルに見透かされ、喉首を鷲掴みにされていた。

「私は誰だ。ベリアル、私は誰だ！」

ルシフェルの目が金色に輝き、怒りの形相になった。手にはさらなる力が加わりベリアルを締め付けた。

「闇の王……、グホッ」

「ベリアル、私は誰だ！」

「闇の王……我が王……」

ルシフェルは手を離した。床に倒れ込み嘔吐するベリアル。アザゼルと闇の天使たちはルシフェルの前にひざまずいた。ルシフェルは皆の前に立ち、辺りを見回した。

「我は闇の王なり。光の神を倒す者。光の神の名はもはや私には要らぬ。闇こそ我が神。我が名はルシファー、光を闇に変える者なり」

闇の天使たちはルシファーを支持し讃えた。

「おのれ……、必ずや倒してやる」

ベリアルの言葉も、鳴りやまぬルシファーへの声援にかき消され、ルシファーには聞こえない。

その時、大蛇が床を這ってきた。ルシファーは大蛇を掴み、顔を近づけて言った。

「サマエル、どこにいたのだ」

大蛇は姿を戻し、サタンとなった。

「よくぞ見破られましたな！　しかしもはや我が名はサマエルではなくサタンです」

「では聞こう、サタン、我が息子よ。どこに行っていたのだ？」

「エデンの丘でございます」

アザゼルは怒りが込みあげ、立ち上がるとサタンを殴った。

「そなたが離れなければ戦は勝てたのだぞ」

いきりたつアザゼルをルシファーが制した。

「まずは話を聞こう。話が面白くない時は私がこの手で償わせよう」

アザゼルは怒りをなんとか抑え、ルシファーに従った。

「光の神は新たなる人間を創造して計画を進めるようです。早く成長させるために知恵の果実を食べさせました」

サタンの話にルシファーは怒りが込みあげてきた。

「なんだと！　あの果実は我らでさえ口にできぬ高貴な果実。それを人間ごときに食べさせるとは。サタン、よくわかった！　やはり光の神は我らをないがしろにし、すべてを愚かなる土の人間に与えるつもりなのだ。断じて許さぬ！」

ルシファーは刀を抜き、壁を切り裂いた。凄まじい力が加わって壁は崩れ、遠くにエデンの丘が見えた。

「我らの力、思い知るがいい！　サタンよ、もう一度エデンの丘に戻って監視してまいれ！」

サタンはコウモリに姿を変えて飛び去った。

3―4　アダムとイヴの新居

ミカエルはエデンの丘の近くに人間たちの住む家を作り、村を作った。そこにアダムとイヴも住まわせた。人間たちに農作を教え、魚の獲り方や動物の狩り方、神へ感謝を捧げることの大切さなどを教えた。天使や女神がアダムとイヴにも火のおこし方や衣服の作り方まで優しく教えた。人間たちはすぐに覚え、生活を営み始めた。

ラジエルは羊皮紙と羽根と墨を持ち人間たちの村に向かった。その後を秘かにコウモリが飛んでいる。

ラジエルの部屋にコウモリが降り立ち、サタンが現れた。部屋に忍び込むと、様子を窺った。

ラジエルは完成したてのアダムとイヴの家に入っていった。

「実にすばらしい家だ！」

ラジエルはふかふかの椅子に腰を掛け、満足げに家の中を見回すと、アダムとイヴが奥の部屋から現れた。イヴの顔色も良くなり狂気が消え優しい笑顔が見えた。

サタンは蛇に姿を変えてアダムとイヴの家に侵入し、寝室に身を潜めた。

「とてもすばらしい我が家を与えていただき、ほんとに感謝しております。イヴもここに来てようやく落ち着いたようで笑顔を見せるようになりました」

イヴはミルクとパンを運んできてアダムの隣に座った。ラジエルはパンを手に取りながらイヴを見た。そこにはエデンの丘で見た恐ろしい目はなく、愛らしいイヴがいた。ラジエルは安堵した。

「イヴ、パンをありがとう。とてもおいしいよ」

アダムはラジエルをいろいろ案内したいのかソワソワしていた。

「ではアダム、そろそろ行こう」

アダムは張り切って家を出た。ラジエルがワクワクしながら後に続き、新しい人間たちの家々を訪ね始めた。

片づけを済ませて寝室に入ったイヴのもとに蛇が現れた。

「イヴ！　イヴ！　我が声を聞くのだ」

イヴは蛇に臆することなく近づいた。

「あなたは誰ですか？」

「私はサタン、そなたの同志」

「サタン？　同志？」

蛇は姿を変えた。

「覚えておるか、私を」

「サマエル！」

「今はそなたたちを導く闇の王サタンである」

「アダムにも伝えておきます」

「アダムにはまだ話さなくてよい。イヴ、そなたを導くために私は来た」

サタンは肉の塊と瓶に入った血をイヴの前に置いた。イヴは迷わず肉を喰らい血も飲み干した。

サタンはイヴの食欲に闇を感じ、笑みを浮かべた。

「イヴ、私はまたやってくる。誰にも私のことは話すでないぞ。わかったか。そうだ、私の頼みを聞いてくれないか」

「何でも聞きます」

サタンは不敵な笑みを浮かべ、イヴの耳元で囁いた。イヴは頷き、微笑んだ。

「かわいいイヴ」

イヴの頬に口づけをし、目を見つめるとサタンは立ち去った。


翌朝早くからアダムの喜ぶ声が聞こえた。

「イヴ！　初めてパンを焼いたよ。うまく焼けたよ。一緒に食べないか」

アダムは無邪気な笑顔でイヴの寝室に入っていった。

「いただくわ。でもその前にこれを飲んで」

「何だい、これは？」

「昨日ラジエルが置いていったものよ。おいしいから飲んでみて」

アダムは疑うこともなくその液体を飲み干した。渋くて顔を歪めた。

「全然おいしくないよ！　ラジエルに言わないと！　それよりも早くパンを食べようよ」

アダムはイヴを連れて皆が集まる広場に行った。

「アダム、何が始まるの？」

「ようやく皆揃ったな！」

ガブリエルの言葉にイヴは驚いて辺りを見回した。新しく誕生した人間たちや光の天使たちも集まっていた。

テーブルにはパンやミルクやチーズ、果物、魚や肉の焼いたもの、果実酒などが所狭しと並べられていた。神に感謝の祈りを捧げ、皆で食べ始めた。ガブリエルとラジエルがこっそり話す。

「人間たちは幸せそうに暮らしているのう」

「我らと同じように見えるが無垢なところがちょっと気になる」

ミカエルは皆を眺めていたが何となく闇を感じていた（ここに集う人間たちを闇に落としてはならぬ、守らなければ）。

「みんなよく聞くのだ。この果実酒はかなり天使向きの飲み物だから気をつけろ」

そう言ってガブリエルは果実酒を口に含むと、肉を焼いていた木片に勢いよく吹きつけた。木片の火がボッと燃え上がると、恐れおののいた人間たちは慌てて家に逃げ帰った。

「何をやってるんだ。呆れた奴よのう」

「ミカエル、俺は教えてやっただけなのに、あんなに怖がるなんて」

「やり方が問題だよ」

ガブリエルがミカエルとラジエルに注意されているのを見て、アダムとイヴは大笑いしていた。

アザゼルが岩場の隠れ家にいた闇の天使や女神を全員引き連れて、宮殿の広間に戻ってきた。

一方、ベリアルは蘇らせたイブリース、ベルゼブブ、闇の天使たちを広間に集めていた。

寝室からルシファーが姿を現した。皆ひざまずきルシファーを迎えた。

「皆の者、立ち上がるがよい。我が闇の軍勢は以前にも増して集うことができた。光の神は計画を早めたようだ。我ら闇に生きる者を見下し、人間どもに神の果実まで与えておる。断じて許すことはできぬ。然るべき時に備え、まだまだ仲間を増やし戦力を上げるのだ。光の天使の軍勢を倒し光の神を亡き者にするのだ！」

闇の天使たちは高らかに雄叫びをあげた。

地下からアモンが光の天使を連れて現れた。

「ルシファー様、こいつはどうします？」

皆の前にラファエルを突き出した。

「アモンだと？　どこにいたのだ？」。ルシファーより先に、アザゼルが口を開いた。

後編

第3章　光と闇の戦い（II）

1―1　アダムとイヴの子誕生

時が流れ、人間たちの村にも新たな命が宿った。

アダムとイヴに元気な男の子カインとセトが生まれた。村中大騒ぎである。

皆アダムの家に集まり、カインとセトを抱きしめ、我が子を思い欲した。

ラジエルは人間たちの村に残っていた。カインとセトの誕生、人々の歓喜の様子など喜ばしいことがラジエルの書に書き加えられていった。

村には微笑みがあふれ、人々に未来への希望を抱かせた。

エデンの丘ではヤハウェが建てた聖堂に天使たちが集まり、円卓を囲んで頭を抱えていた。

ガイアが飲み物を運んできた。甘くかぐわしい香りが天使たちを落ち着かせた。ミカエルがようやく口を開いた。

「ラファエルや天使たちのことがとても気がかりだ。時が経ちすぎている」

「闇の者たちの動きもわからずにいる」

ミカエルとガブリエルの話をおとなしく聞いていたウリエルが立ち上がった。

「私が様子を見てまいりましょう」

言うや否やウリエルは翼を羽ばたかせたが、ミカエルが止めた。

「ウリエル、私も同じ気持ちだ。だが、もう少し考えようではないか」

ウリエルは、はやる気持ちを抑え、席に着いた。


ルシファーは囚われの身となったラファエルの前で椅子に座り、果実酒を飲んでいた。ラファエルは何とかルシファーの光の部分をよみがえらせようと必死で話しかけていた。

「ルシフェル、我々と共に光の神のもとに帰ろうではないか。そなたの思い、神は必ずや受け取ってくれる」

「ラファエル、我はもはや光の神を崇拝することは断じてない。我こそが闇の王ルシファーだからな」

ラファエルは諦めず説得を続けた。

「そなたの記憶に我ら、いやミカエルの思い出が多く残っておるだろう」

ルシファーは表情一つ変えず、果実酒をラファエルに差し出し、そっと飲ませた。

「時が過ぎたな、ラファエル！」

ルシファーはラファエルに背を向け呟いた。

「そなたを解放する。ただちに仲間の所に戻るのだ！」

ルシファーは振り向きざまに手紙を渡した。ラファエルは戸惑いながらも手紙を受け取り、ルシフェルを見た。

「ルシフェル、そなたも一緒に戻ろう。共に帰ろうではないか」

ラファエルはルシファーの腕を引き寄せた。

「ラファエル、我が名はルシファー。そなたの求めるルシフェルではない」

ルシファーはラファエルの腕を振り払い、地下牢を出た。


ベルゼブブがすぐに現れた。ラファエルの重い足かせを外して地下牢から連れ出し、宮殿の外に出た。久しぶりの日差しがラファエルを照らす。初めての感覚だった。

煉瓦作りの橋の中央でベルゼブブはラファエルを解放した。フラフラとラファエルは歩き出したが、ルシフェルのことが心残りだった。

ベルゼブブは去っていくラファエルの姿を見て怒りが込みあげていた。

「ルシファーができずとも、そなたを必ずこの手で亡き者にしてやる」

ベルゼブブはいつまでも不敵な笑みを浮かべていた。

村では静かな時間が流れていた。アダムの家にラジエルが訪れてきた。カインとセトが気になって仕方がなかったのだ。アダムとイヴはカインとセトを抱きしめ命の息吹を感じていた。カインとセトの何気ない笑い声や笑顔が皆を幸せにしていた。

「イヴ！　私はこれからラジエル様とエデンの丘に行き、ウリエル様に弓を習ってくる。子供たちを守るのに必要であろう」

ラジエルは食卓の上のリンゴを手に取りながらアダムに向かって頷いた。

「アダム、良い考えね！　子供たちだけでなく私も守ってね」

アダムはイヴの言葉を聞きながら急いで支度をした。ラジエルも急いでリンゴを頬張った。支度ができたアダムは意気揚々と家を出た。ラジエルは慌ててアダムの後に続いた。アダムが振り返ると、イヴが笑顔で手を振って見送っていた。

イヴは子供たちを部屋に連れていって寝かしつけた。二人の頬に優しく口づけをして部屋を出た。

1―2　サタン、イヴを誘惑する

イヴが居間に戻ると大きな蛇がとぐろを巻いて、こちらを睨んでいた。驚いたイヴは台所に逃げ込み、ナイフを手に持って身構えた。大蛇は頭を持ち上げ、イヴの目を睨みつけた。イヴは目をそらそうとしたがそらすことができず、大蛇の魔力に負けてしまった。

イヴが大蛇の前にひざまずくと、大蛇はイヴを上から下まで舐め回すように見て、大きく身体を震わせた。大蛇はみるみる姿が変わり、サタンが現れた。サタンは両手を広げ不敵な笑みを浮かべた。イヴは虚ろな目でサタンに近づいた。

「サタン様ですか?」

サタンは頷き、イヴの手を掴んで引き寄せ、しっかりと腕に抱いた。

「よくやったイヴ! 私の教えた通り、そなたはアダムの子を産み終えたのだな。私はこの村の人間に子孫を繁栄させる儀を教えるつもりだ。もっともっと人間を増やさなければならないからな」

サタンはイヴの首元に舌を這わせ口づけをした。

「そなたはとても美しい。私が秘かに思いを寄せていたリリスにとても似ている」

何度も何度も口づけを交わし、そのままイヴを押し倒した。イヴはサタンの魔力と自らの湧き出る感情に負け、サタンを受け入れてしまった。

宮殿では刀の交わる音が響いていた。ルシファーとイブリースが戦いに備えて広間で訓練をしている音である。ベリアルは椅子に腰を掛け、果実酒を飲み干しながら虚ろな目で二人を眺めていた。

「ルシファー、なぜラファエルを解放したのだ?」

ルシファーはベリアルを無視し剣の訓練を続けた。

「ルシファー、なぜだ！」

ベリアルはルシファーの前に立ちはだかり訓練の手を止めさせた。ルシファーは持っていた刀をすばやく持ちなおし、ベリアルの喉元に突きつけた。

「ウッ……」

ベリアルは持っていたグラスを床に落とした。ルシファーはニヤッと笑って答えた。

「ラファエルはただの天使。我らと同じくただ支える者。そんな者に興味はない」

「光の天使たちは我らのことを何も知らないはず。奴はすべてを話すぞ。それでもいいのか？」

「何も気にはならぬ。我らは光の神を倒すのみ。その邪魔をする者は誰であろうと容赦なく倒す」

ルシファーはベリアルを睨みつけた。

「ベリアル！　そなた、もしや私の邪魔をするつもりか？」

ベリアルはルシファーのすごみに後ずさりし、首を横に振った。ルシファーは刀を下ろし、ベリアルの座っていた椅子に腰を掛け再びベリアルを睨んだ。

「では聞こう、ベリアル。そなたは何がしたいのだ？」

果実酒を飲み干し、ベリアルの答えを聞くことなくイブリースを連れて広間を後にした。

「ミカエル様、仲間がこちらに向かってきます」

ミカエルは見張りの天使が示す方を見た。弱い光を放った天使がこちらに向かって飛んできていた。共に見ていたガブリエルは大きく羽ばたき、様子を見に行った。ウリエルは万が一に備え、弓を構えて援護態勢に入った。天使が近づくにつれ姿がはっきり見えてきた。

「ラファエル！　ラファエルではないか！」

ラファエルはかなり弱っていた。ガブリエルはラファエルを抱え、エデンの丘に急いで戻ってきた。ガブリエルに抱きしめられて安心したのかラファエルは意識を失った。

「追っ手はないようだな」

ウリエルは不穏に思ったが、弓を下ろしガブリエルたちのもとに駆け寄った。ガブリエルはラファエルを抱きかかえ寝室のベッドに寝かせた。

「ラファエル！　ラファエル！」

ガブリエルが呼びかけても、ラファエルは意識が朦朧としていて返事がない。しばらくして、ミカエルがガイアを連れて入ってきた。ガイアが手当てをし始めた時、ラファエルは意識を戻した。

「すまない、ガブリエル」

「飲み物と食べる物をここに」

ミカエルに言われ、女神たちは慌てて用意に取りかかった。

ラファエルはうなされながらミカエルの腕を取った。

「ミカエル、お話が！」

「ラファエル、まずは腹を満たすのだ。その後ゆっくり話を聞かせてもらおう」

女神たちが食事を運んできた。

同じ頃アダムとラジエルも丘にたどり着いた。騒々しく走り回っている天使や女神が気になり、ラジエルは慌てて皆が集まっている部屋に入った。

「ガブリエル、いったい何があったのだ?」

「おお、ラジエル。ラファエルが戻ったのだ」

ラジエルはガイアをはじめ多くの女神たちに介抱されながら食事をしているラファエルを見た。

「ラファエルはもう大丈夫だ。しかし、すごい食欲だな」

ガブリエルが言うように、ラジエルはラファエルの元気そうな姿を見て安堵した。

「ところで人間たちの村はどうなんだ?」

ガブリエルが尋ねると、部屋に入ってきていたアダムが割って入って笑顔で答えた。

「イヴも子供たちも、ほかの人間たちも幸せに暮らしているよ」

「子供たち? 何のことだ?」

「アダムとイヴの間に二人の男の子が生まれたのだ」。状況がよくわかっていないガブリエルに、ラジエルが説明する。

「それはすごいことだ。ところで子供とは何なのだ?」

ラジエルは呆れ顔でガブリエルを見た。

「とにかく人間が増えたのだ!」

ガブリエルはよく理解しきれていなかったが、ラファエルが戻ってきたこともあり、とても機嫌が良かった。嬉しさのあまりアダムを持ち上げて喜んだ。ガブリエルの笑い声が広がった。

辺りが闇に染まり人間たちが眠る頃、村ではサタンが魔法をかけて人間たちを操っていた。

「さぁ、もっと子孫を増やすのだ。早くこの地球を人間で埋めつくすのだ」

人間たちはサタンの言うまま、思うがままに操られ、お互いを求め合い抱き合い交わった。

「人間とはかわいい生き物よのう、ハハハハ」

サタンの高笑いが村に響いていた。

男が一人群れから外れ、イヴの家に入っていった。それを見てサタンの高笑いが止まらなくなった。サタンはコウモリに姿を変え、村を後に宮殿へと戻っていった。

1—3　月が二度満ちる時に!

エデンの丘ではラファエルが戻ってきたことを祝い、宴が始まっていた。陽気な音楽が流れ、豪華な料理が並べられ果実酒もふんだんに振るまわれた。喜びに満ちた一時であった。だが、ラファエルは浮かない顔をしていた。ラグエルとガブリエルがそんなラファエルを気遣っていた。

「ラファエル、戻ってこれてほんとに良かった」

「神のお導きである」

ラグエルとガブリエルは口々にそう言うと、ラファエルの杯に果実酒を注いだ。ラファエルはラグエルとガブリエルに目をやり、テーブルを叩いて立ち上がった。そして音楽を止めるように合図を送った。

「皆、聞いてくれ、この宴はほんとに楽しくすばらしい限りだ。投獄されていた幾月日を忘れさせてくれる。皆、ありがとう!!」

ラファエルは感謝の言葉を述べつつも寂しい目をして話を続けた。

「前の戦では多くの仲間が亡くなった。あの戦は何のための戦だったのか。力の限り戦ったが私は誰と戦っているのかわからなかった。闇の神アラディアが光を奪うために仕掛けた戦いなら、光の神の使命として戦っても構わぬが、アラディアが消え、ルシフェルが闇の王となった今、光の神を捨ててルシファーと名乗っておる。もとは我らの仲間の誰よりも神の使命に生きていた者だ。そんなルシフェルに刀を向けるとはどうも納得がいかない。それに私を解放してくれた。ミカエル！　教えてくれ！　私はどうしたらよいのだ？」

ミカエルは静かに立ち上がり答えた。

「ラファエル、そなたの気持ちや思いはよくわかる。ここにいる皆も同じだと思う……。しかし、闇の神アラディアがこの地球を奪い取るということは絶対に許すわけにはいかぬ。アラディアがいなくとも闇の軍勢はその意思を継ぐであろう。たとえそれが我が兄であろうとも。ラファエル！　アダムを見よ」

ミカエルはアダムを呼び寄せると隣に立たせた。

「このアダムや人間たちに我らの神はすべてを託したのだ。悩むことも嘆くことも迷うことも何一つない。神の使命だけを考え、ここにいる我ら仲間が一つとなり、闇の軍勢を叩き潰そう！ルシフェルのことは私に任せてくれ。ラファエル、どうだ？」

そう言ってミカエルはラファエルに手を差し伸ばした。ラファエルはミカエルの瞳を少し見て、握手を交わした。その光景を見て納得するかのように大きな歓声があがった。

「みんなの意思が一つとなったところで、ラファエル、闇の軍勢のことをもっと詳しく我らに教えてくれないか？」

ミカエルに促され、ラファエルは見聞きしたことを皆に話し始めた。理解できぬことも多かったが、皆熱心に聞き入っていた。ラジエルはすべてを書き記していた。

話が終わると、ガブリエルとウリエルが中心となって次の策を考え始めた。ラファエルはルシフェルから手渡された手紙をミカエルに秘かに手渡した。


ミカエルは群れから外れ、宮殿の見える丘で手渡された手紙を読んだ。

「月が二度満ちる時、エデンの丘にまいる」

「兄さん……」

ミカエルは手紙を読み返し、悟った。皆のもとに戻り、策を考えている天使たちに指示を出した。

「皆！　聞いてくれ！　ルシフェルは我らに忠告している、『月が二度満ちる時、ここに来る』

と。つまりここを攻めるということなのであろう」

「あまり猶予はないな」と言うガブリエルに頷き、ミカエルは続けた。

「皆、士気を高め、最後の戦いに備えるのだ。必ずこの戦いで終わらせる。よいな！」

皆の歓声が丘に響いた。


ベリアルが宮殿から出て煉瓦の橋の真ん中で何か呟きながらうろうろしている。

「必ずルシファーを倒して俺が王になってやる。くそ！　覚えてろ！」

「ベリアルは我が父が嫌いか？」

その時、サタンが闇の中から現れて言った。

「ああ、とてもな！　嫌い？　いや、とても憎い」

サタンは笑みを浮かべ、ベリアルとすれ違いざまに呟いた。

「哀れな闇の子よ」

ベリアルはサタンの首元を掴み、拳を振り上げた。

「あせるな、ベリアル！　チャンスはそう遠くないところにあるから」

サタンは高笑いをしながらベリアルの手を振り払った。

「どういう意味だ、サタン！」

サタンは何も答えず宮殿に入っていった。

宮殿の広間ではルシファーとイブリースが果実酒を酌み交わしていた。そこにサタンが入ってきた。

「サタン！　どこに行っていた？」

サタンは会釈をしながら椅子に座り、目の前にあった果実酒を飲んだ。

「私は人間たちの村に潜んで、ある計画を進めております」

ルシファーは興味深くサタンを見た。サタンは話を続けた。

「我が父よ！　私は光の天使や神などにはまったく興味がありません。私は人間の心に欲望を植えつけておるのです。イヴはソフィアの血を飲み、闇の心を持つように育てております。リリスの肉片も食べさせておりますゆえ、何らかの効果が出てくるはず」

ルシファーは眉をひそめサタンに尋ねた。

「そなたは何が欲しいのだ」

「人間の心の中に芽生える欲望という名の闇。そしてイヴを手に入れとうございます」

ルシファーはサタンから目をそらさず果実酒を飲んだ。

「我が父よ、そこでお願いなのですが、人間の村にインキュバスとサッキュバスを連れていってもよろしいですか？」

ルシファーは立ち上がりサタンに近づいて「どうするつもりなのだ？」と言った。

「神が創った人間と我ら闇の者との子供を作るのです。光の神が創造した者を私が闇に変えて広めるのです」

ルシファーはしばらくサタンを見据えて考えたが、サタンの燃えたぎる瞳を見て申し出を認めた。サタンは会釈をして奥の部屋へと消えていった。

「ソフィアの血……」

ルシファーはよからぬ気配を感じていた。

1―4　人間と闇の者の子、続々誕生

村ではすべての女が同じ時に子を授かり、微笑ましい光景が広がった。男たちも喜びに満ちあふれていた。女たちはこれから何をどうすればよいのか戸惑いもあり、皆イヴの家に集まってきた。扉をノックすると、まだ幼いセトが扉を開け笑顔で出迎えた。

「皆揃ってどうしたの？」

食事の準備をしていたイヴが奥から慌てて出てきた。食卓にはカインの姿もあった。イヴはセトを椅子に座らせ、女たちに家に入るように合図した。イヴはミルクで作ったスープを子供たちに分け与えながら女たちに目をやった。

「イヴ！　私たちも皆、子を授かったの！　でもどうしてよいのかわからず、あなたを頼ってきたの」。イヴは皿にスープを入れ終わり、カインにお祈りをしてから食べるように告げた。

「お子さんたち、とてもかわいいわね」

アミが言うように必死にパンを頬張り、おいしそうにスープを飲んでいる子供たちを見て、女

たちは幸せな気持ちになっていた。

「ところでイヴ、これから私たちはどうすればよいの？」

サラに尋ねられ、イヴは女たちに落ち着いて座るように促した。

「わかったわ、みんなに紹介したい人たちがいるの。ちょうどよい機会のようね」

イヴは奥の部屋に行き、美しい二人の女性としなやかな一人の男性をみんなの前に連れてきた。

あまりの美男美女に女たちは言葉を失い茫然としていた。

「紹介するわね、このブロンドの髪の女性がレイ。こっちの黒い髪の女性がルナ。それからこの男性はオズワルドよ」

紹介され三人は会釈をした。

「皆さんにお会いできて光栄です」

妖艶な笑みを見せるルナに続いて、レイとオズワルドも微笑んだ。

「こちらの方々はカインとセトの世話をしてくれているの。生まれる前のことも生まれてからのことも何もかもよく知っているので、きっと皆も安心なはずよ。何でも話せば手伝ってくれるわ」

「私たちはイヴを助けて欲しいとアダムに言われて丘から来たの。でもイヴに助けは必要なかったみたいだから、皆の役に立てるならお手伝いさせてください」

女たちはルナの言葉に安堵した。ルナはイヴのお腹を見て軽く触った。

「イヴ、すごいわね」

イヴは微笑んだ。

「ルナ以外の方は静かね？」

「アミ、この二人は話ができないの。でも聴くことはできるから何でも言ってみて」

女たちのお腹をオズワルドがそっと優しく撫で始めた。とてもよい匂いが女たちを包み込んだ。気が安らいだのか急に睡魔が襲ってきた。

「イヴ、ごめんなさい。急に眠たくなってきたから帰るわね」

サラがそう言うと女たちはフラフラしながら各々の家へと帰っていった。

イヴは女たちを笑顔で見送った。


「男たちは皆、狩りか農作業をしに行き、家にはいないはず。オズワルド、わかっているわね！」

念を押すルナにオズワルドは頷き、女たちの家に向かった。

「レイ、男たちのもとに行って、そなたの美貌で魅了するのよ！」

レイは微笑み、男たちのもとへと出ていった。ルナはイヴを見つめ、優しく抱きしめ口づけを交わした。カインとセトは食事を終え、目をこすりながらイヴのもとにやってきた。イヴは子供たちを部屋に連れていって寝かしつけた。

「アダムはいつ頃戻るの？」

イヴはルナの問いには答えず、ルナに抱きつき首筋に舌を這わせ唇を奪った。ルナも押さえきれずイヴをベッドへと押し倒した。ルナの服が裂け、白い透き通るような肌が、興奮するごとに変色し容姿も変わっていった。背中からは黒い翼が見えた。イヴは優しく微笑み、

「私はあなたを忘れることはできない」

「人間の男はどうしたのだ？」

「今日のあなたたちの食卓に並びます」

サタンの言葉にイヴの瞳が黄色く輝き、サタンを引き寄せ激しく求めた。

2―1　来たるべき決戦に備えよ

エデンの丘のなだらかな野原で、アダムはウリエルに弓を習っていた。

「アダム、上手くなったな！　次は動いている物を狙うぞ！」

アダムは強い父となるため、イヴを守るため、必死に練習を重ねていた。遠くから天使たちが見物していた。

「戦になったらアダムにも手伝ってもらうか、ハハハハ」

ガブリエルの言葉につられ、皆の顔に笑みが浮かんだ。

「我ら皆、戦いに備え、力も士気も高まってきた。後は時を待つのみ」

「しかしミカエル、神からの言葉がまったくないのです」

「時は神からではなく突然訪れるということだな」

ミカエルは天を仰ぎ、誓いを立てた。

ルシファーは宮殿から海を眺めていた。そこにイブリースが現れた。

「ルシファー、闇の軍勢は復活した。士気も高まり時を待つのみだ」

ルシファーは海を眺めたままイブリースに頷いた。

「ルシファー、教えてくれ。私の使命は何なのか。私はアモンに話を聞きアラディアの野望に心惹かれた。いや、野望だけではなくアラディアに心も奪われた。それにアラディアをこの腕に抱いた……。今の私は何だ？　ベリアルによみがえらされ、そなたの前に立つ俺は何なのだ？」

イブリースは己に対して怒りが込みあげてきた。

「イブリース！　そなたの使命は我が手にある。光の神に背を向け、闇に惹かれ、闇の女神を愛し今ここにいる。すべてが私と同じなのだ。イブリース！　そなたの求めるもの、次の戦で得ることができよう。イブリース！　我に続き光の神を共に倒そうではないか！」

ルシファーはイブリースに果実酒を勧めた。イブリースは果実酒を受け取り、頷いた。

「ところでアモンはどこにおるのだ？」

「あの騒ぎと共に消えたようだな」

「ソフィアの血筋だ。何かを企んで動いているのであろう。まぁよい捨ておけ。皆に時を伝え、策を話す」

ルシファーはイブリースと共に宮殿の広間に向かった。

宮殿からほど遠いところに鋭い岩山があった。そこを登り未開の地を進む影があった。身体全体を厚い布で覆い、腰には大きな刀を携え、何かを探しているようだ。影は大きな洞窟が山間にあるのを見つけると、その中に入っていった。洞窟の中央まで手明かりだけで進み、岩の上に腰を掛けた。辺りを見回しブツブツ何かを唱え始めた。洞窟の奥から風が吹き出し、わめき声が聞こえた。大きな翼を羽ばたかせる音が近づいてきた。

「何奴だ、私を呼びつける者は！」

「私の名はアモン。あなたを探してここにまいりました。あなたはジズですね」

「いかにも私はジズである。眠りを妨げる貴様、何用だ？」

アモンは近寄って紫色の果実を差し出した。

「そなたはリヴァイアサンの一部。その果実はソフィアの血からできたものだ。それを食らうとそなたはもっと強くなる。再び三身一体となれば無敵となろう。共に、そなたのほかの一部を探しにまいろうではないか！」

ジズは目の前に現れた見知らぬ者がすべてを知り尽くしていることに驚いたが、それ以上に、ほかの身体が生きていることに興味が湧いた。

「ほかにまだ我が身体が生きておるのか？」

「ああ、命を感じる」

ジズは果実を頬張りアモンを背中に乗せた。

「どこに向かえばよいのだ?」

二人は未開の森林へと飛び立った。

男たちは農作業や狩猟から女たちのもとに帰ってきた。女たちはオズワルドの力なのか、みるみる腹が膨らんでいた。

「どうしたのだ? 身体は大丈夫なのか?」

ミルラはあせっていたがアミは喜びに満ちあふれた顔をしていた。扉をノックする音がしたのでミルラが開けると、そこにレイが立っていた。目が合った瞬間、ミルラはレイの虜となってしまった。レイは微笑み、ミルラの服を剥ぎ取って押し倒すと、上にまたがった。アミは目の前のその行為を喜びながら見ていた。レイは果てる男に口づけを交わすと、家を出た。次の家の扉が開いた。

アダムの家ではルナがカインとセトに赤紫色の飲み物を飲ませていた。

「これは成長の源となる飲み物よ。いっぱい飲むのですよ」

イヴはそばで微笑んでいた。窓の外を役目を終えたレイがルナに微笑み通り過ぎるとルナは喜びを隠せなかった。

夜が明け優しく朝日が昇った。

女たちの叫び声が村中に響き渡った。男たちはあせってイヴのもとに飛んできた。扉を開けルナが出迎え、慌てている男たちをなだめた。オズワルドは男たちに代わって女たちをイヴの家に連れてきた。苦しさのあまり暴れる女たちをベッドに寝かしつけ、女たちの腹に優しく手を当てた。驚いたことにその瞬間、女たちの腹から元気な子供が次から次へと生まれた。女たちは子を受け取り、幸せに満ちあふれた表情を浮かべていた。イヴはその子たちを預かり、隣の部屋で綺麗に身体を拭いてやった。

オズワルドは落ち着いてきた女たちに近づき微笑んだ。女たちはオズワルドの瞳を見るなり操られるかのように次々に股を開いた。オズワルドは覆い被さり激しく女たちを求めた。女たちはまどろみながらオズワルドを受け入れると意識を失った。

ルナになだめられた男たちは、イヴから初めての我が子を渡され優しく抱きしめた。女たちも意識が戻ると男たちのもとに戻り、我が子の誕生を心から喜び、子を大切に抱きしめると温かく見守り、皆家に帰っていった。

その時、イヴの家の離れで産声が聞こえた。レイが子を産む準備をしていた。レイの目が爛々と光り身体はぶよぶよと太り出した。美しい顔が醜く歪み、サッキュバスの姿に戻っていた。続いて一人また一人と二人の男の子と二人の女の子が生まれた。その姿を見ていたイヴも急に腹を押さえ、うずくまった。オズワルドはイヴをその場に寝かしつけ、腹に優しく手を当てた。イヴも苦しむことなく一人の男の子を生んだ。ルナは喜びのあまりサタンの姿に戻っていた。

「天使や女神を生むことができるなら人間も可能なのか……」

サタンの高笑いが家中に響いていた。

サタンはイヴから生まれた子を受け取り、オズワルドに作らせた隠れ家に連れて入った。オズワルドもサッキュバスの生んだ子をかかえ後に続いた。隠れ家でオズワルドはインキュバスの姿に戻り、連れてきた子に赤紫色の飲み物を飲ませた。

「インキュバス、お前の力でこの子たちを早く成長させるのだ」

インキュバスはサタンに頷き、子供たちを撫で始めた。

「これが我が子か……」

イヴから受け取った子を抱きかかえ、サタンはしみじみ眺めた。耳は少し尖り、鼻は少し突き出ていて、どことなくサタンに似ていた。

「そなたをアベルと名づけよう」

父となり、ルシファーと同じ気持ちになれたことにサタンは喜びを噛みしめた。

2―2　成長が早すぎる子供たち

イヴは何事もなかったようにカインとセトの食事を作っていた。食卓にスープとパンと干し肉を並べ、イヴは二人を呼んだ。セトはまだ幼さが残っていたが、カインは少年に成長していた。

イヴは微笑みながら二人を迎えた。

各家でも子供たちの声が聞こえ、幸せの団欒が広がる家族ができていた。

隠れ家を出たオズワルドとレイが家々を回り、子供にこれを飲ませるようにと赤紫色の飲み物を渡した。オズワルドは子を撫で、女の腹も撫でた。レイはすぐさま男を誘い別室へと入っていった……。

何も知らないアダムとラジエルが村に戻ってきた。アダムは初めて射止めた野ウサギを早くイヴに見せたくて足早で家に戻った。

「イヴ！　イヴ！」

アダムは家に着いて驚いた。なんと出迎えたのは成長したカインであった。

「カインなのか？」

カインは頷きアダムに抱きついた。成長の早さにアダムは戸惑ったが、カインの身体の温もりに、愛すべき我が子を感じられた。奥から出てきたイヴとセトの姿を見てアダムは安堵した。そばにいたラジエルは怪訝な顔つきになった。

「アダムとイヴもそうであったが、私の知る限りでは成長が早すぎる。なぜだ？」

イヴはアダムの帰りを喜んだ。アダムは仕留めた野ウサギをイヴに誇らしげに見せると、エデンの丘であった出来事をうれしそうに語り始めた。カインとセトも熱く語る父の話に興味深く聞き入っていた。久しぶりの一家団欒であった。


ラジエルはアダムの家を静かに離れると、村から感じる不穏な雰囲気を調べた。村の家々で元気な子の泣き声や笑い声も聞こえてきた。村の家々では幸せいっぱいの家族の光景が見えた。

「おかしい。どの家も幸せそうだが、なぜどの家にも子供がおるのだ？　あり得ない」

ラジエルはヤハウェに報告するため、一度エデンの丘に戻った。

木々が密集し多くの生命が宿る森林地帯。うっすらと霧がかかり樹々の葉に水滴がたまり、日の光に照らされ輝いている。その水滴を虫たちは求め集まってくる。その集まった虫を小さな動物が狙い、その小さな動物を魔物が捕まえると、かぶりついた。その魔物を上空から狙っていたジズが、急降下するとまたたく間に捕まえた。海に浮く小さな島に向かった。ジズは捕えた魔物を島に落とし、辺りを一度旋回して島に降り立った。

魔物は何が起きたかわからず茫然としていたが、辺りを見回し我に返ると、状況が理解できた。そばにいたジズを見ると飛びかかった。ジズは慌てることもなく魔物を払い落とし足で踏みつけた。

「待て！　待つのだ！　何が望みだ」

魔物はジズの足の下でもがき叫んでいた。その光景を岩陰から見ていたアモンが姿を現した。

「あなたはもしかしてベヒモスですか？」

魔物は声の主を探した。

「いかにも私はベヒモスだ！」

アモンはジズに合図をした。ジズは踏みつけていた足を上げると、少し離れた岩の上に止まり、様子をうかがった。身構えるベヒモスにアモンが近づく。

「我が名はアモン。ベヒモス！　私はあなたを探していました」

ベヒモスは不機嫌な顔でアモンを見た。

「アモン？　何ゆえ私を探す？　なぜこんな所に連れてきたのだ。それにあのデカイ鳥は何なのだ？」

慌てて取り乱すベヒモスの腕をつかみ、アモンはゆっくりと話し始めた。

「あなたは我らの仲間リヴァイアサンの一部なのです。前の戦いでメタトロンに敗れ、三体に引き裂かれたのです。あのデカイ鳥はジズ。引き裂かれた三体の一部、同じリヴァイアサンなのです。今一度一つとなり、強大な力取り戻さぬか？」

「強大な力？　一つとなれば得られるのか？」

「いかにも!!」

ベヒモスはアモンとジズを見比べ、頭をひねったが、強大な力に惹かれ渋々頷いた。

その時、海が荒れ、大きな波が押し寄せ、アモンとベヒモスを狙った。ジズは二人を掴み波の届かぬ大空へと羽ばたいた。荒波の中から大きな蛇が姿を現し、怒号をあげて叫んだ。

「そなたたちは何奴だ！　懐かしさを密かに感じるが、我が餌場《えさば》を侵すことは許さん！」

アモンはジズから飛び降り、荒ぶる大蛇の目の前の岩場に立ちはだかった。

「我が名はアモン！　リヴァイア、あなたを探していました」

リヴァイアは聞く耳を持たず、尻尾を振り降ろして攻撃してきた。アモンは攻撃をかわしつつ、怯むことなく続けて叫んだ。

「リヴァイア！　あなたは我が仲間リヴァイアサンの引き裂かれた一部。空を飛ぶ鳥はジズ、足を掴まれているのがベヒモス、それにあなたを合わせると、強大な力を持つリヴァイアサンとなるのです」

リヴァはジズとベヒモスに目をやり攻撃をやめた。

「いかにも私はリヴァ。海の奥底で眠る者。確かにその者たちから奇妙な安らぎを感じてここに引き寄せられて来た」

アモンはリヴァが落ち着いたことを確認し、すべてを語り出した。

「我らが三位一体だって？」

ベヒモスは首をかしげた。アモンは頷くとベヒモスの腹を殴った。

「グフッ！　何をする！」

ベヒモスが呻き声をあげ腹をおさえるとジズとリヴァも呻き声をあげ身を屈めた。アモンは会釈をして微笑んだ。

「おわかりになられましたかな？　ベヒモスと同じ痛みを感じられたのでは……」

お互いの顔を見合わせるベヒモスとジズとリヴァを眺め、アモンはしてやったりという顔で言った。

「サタン様、使えそうですぞ。ハハハハ」

「ヤハウェ、おかしいとは思わぬか？」

エデンの丘ではラジエルが頭を抱え、ヤハウェの答えを待っていた。

「神の創造された輪廻転生に繋がる仕組みかもしれぬが、ラジエルの話からするとすべてが早すぎる！　何かが、何者かが関与しているのでは？　私はミカエルに報告します。ラジエルは村に戻り引き続き調べるように！　神と交信できればよいのだが……」

　ラジエルは急いで村へと戻った。


　サッキュバスはまた子を産んでいた。サタンはその子供たちを嬉しそうに隠れ家に連れていき、赤紫色の飲み物を与えた。サタンはアベルの頭を撫でながら子供たちを眺めた。

「我が父や母は人間の子供を嫌っていたが、ここに集めた子供たちはほんとにかわいい子供たちだ。まだまだ増やすぞ。ハハハハ」

　計画通りに進んでいることにサタンは心底から喜んでいた。


　アダムの家の前にラジエルは戻っていた。

「やはり何かが怪しい」

　ラジエルは中が見渡せる大樹の陰に身をひそめた。中ではアダムが熱心にカインとセトに狩猟の話をしていた。ウリエルから習った通り、弓を引き、矢を放つ格好をして楽しそうに皆と笑っている。そこにイヴが不思議な色の飲み物を持ってきた。カインとセトは嬉しそうにその飲み物を取り、おいしそうに飲み始めた。

「あの飲み物は！　前にどこかで見た覚えがある」。ラジエルは嫌な予感がした。

　二人は飲み終わると身支度を始めた。皆で狩猟に行くようだ。アダムは勇んで子供たちを森へ連れて行った。イヴは子供たちの誇らしげな姿に涙を流しながら手を振り見送った。

「イヴ、イヴ、早くおいで！」

ルナがいつの間にか現れ、部屋に立っていた。イヴはルナのもとへ駆け寄ると熱い口づけを交わし、妖艶な眼差しをルナに見せると衣服を脱ぎ始めた。陰から見ていたラジエルは目を疑うほど驚いた。混乱する心を抑えて目の前の事実を見続けた。ルナとイヴはお互いを求めた。行為が激しくなるにつれ、ルナの姿が変わり徐々にサタンの姿を現した。それに合わせるかのようにイヴの瞳が爛々と黄色く輝き始めた。ラジエルはとてつもなく恐ろしい光景を目の当たりにし身体が激しく震えた。

黒雲が立ち込め大粒の雨が降り出した。ラジエルはおぞましき光景に耐え切れずその場を離れ、震える身体を抑えながらエデンの丘へ戻っていった。

「いったい私は今何を見たのだ。イヴといたあの変化した者、あれはまさしく……」


一方、ルシファーは降りしきる大粒の雨を窓から眺めていた。ベリアルは膝をガタガタ震わせしびれを切らしていた。ただただ外を眺めているルシファーの姿を見てイラついていたのだ。

「ルシファー、然るべき時とは何だ？　なぜすぐに攻め込まない」

ルシファーはベリアルに冷ややかな視線を向けて答えた。

「ベリアル、わからぬのか？　これから起こる闇の最大なる力の復活のことが」

ベリアルの動きが止まった。

「わからぬようだな、闇のほんとの狙いが何であるか」

ベリアルは戸惑いを隠せなかった。ルシファーの合図でアザゼルとベルゼブブは地下に降りていった。ベリアルは何が起きようとしているのかを確かめるため、アザゼルたちの後を追いかけた。


丘に戻ったラジエルはヤハウェやミカエルたちを集めた。

「そんなに震えて、ラジエルどうしたのだ？」

ガブリエルに言われた通り、ラジエルの震えは止まらずにいた。ミカエルは温かいミルクを手渡し肩を抱いた。ラジエルは会釈をして受け取り、飲み始めた。少し落ち着いたのか震えがおさまるとゆっくりと口を開き話し始めた。

「みんな聞いてくれ……」

ラジエルの話す言葉が天使たちの感情を揺さぶる。

驚きや怒りがこみ上げ、嘆き悲しんだ。

「サマエルは、いったい何を考え企んでおるのだ？」

大雨が降りしきる中、ミカエルはサマエルに対する苛立ちが募っていった。

「ルシファー様、もうすぐ始まります」

地下の様子を見に行ったアザゼルが報告に戻ってきた。ルシファーはイブリースを連れ地下へと降りると、闇が広がり大きな渦が回り始めていた。渦の動きに合わせてはしゃいでいるベリアルの姿もそこにあった。ベリアルはルシファーを見つけると鼻息も荒く駆け寄った。

「ルシファー、なぜ教えてくれなかったのだ？　この闇は母そのものだ。とても嬉しいぞ。ハハハハ」

ルシファーは呆れ顔で満面の笑みを見せて喜ぶベリアルを見た。

「ベリアル、この時を私は待っておったのだ！」

大粒の雨がさらに激しく降りだした。

まるで光と闇の思惑を清算するかのように。

2—3　カインとセト、エデンの丘へ

陽が昇り雨は止んだ。山々にはうっすらと霧がかかり、大地は雨で生き生きとよみがえり、植物や虫や動物たちも恵みの雨を喜んでいた。

ラジエルは村に来ていた。ミカエルからアダムの子供を連れて戻れという使命を受けたからだ。おそるおそるアダムの家を訪れると、扉が開き、イヴが迎えた。ラジエルはあの時見たおぞましく恐ろしい光景を思い出したが、目の前に立つイヴはまだあどけなさが残る少女であった。瞳も美しく輝く瞳に戻っている。ラジエルは安堵した。家に通され、食卓の椅子に腰をかけた。アダ

ムは笑顔を見せながらラジエルの隣に座った。

「アダム、実はカインとセトをエデンの丘に招待しようと思っておるのだ。ミカエルの提案で、そなたたちが生まれ育った場所を子供たちにも見せたいと考えられたようだ」

アダムは大いに喜び、大声でカインとセトを呼んだ。カインとセトもラジエルの話を聞き大いに喜び胸躍らせた。

「いつ出発すればよろしいですか？」

ラジエルの微笑みを見たアダムは、カインとセトに急いで支度をさせ、ラジエルと共にエデンの丘へと送り出した。アダムとイヴは我が子の大冒険を喜び、カインとセトを誇らしく見送った。アダムは二人の姿が見えなくなるまでいつまでも手を振り続けた。


海から少し陸に上がった所にアモンとベヒモスが立っていた。

「ここで良かろう！」

アモンは辺りを見回し何かを確信すると、大地に杖を突き立て、呪文を唱えた。杖から黒煙が吹き出し、アモンと同じ呪文を唱えながら闇の天使が現れた。闇の天使は次々と数が増え、アモンたちを囲んだ。アモンは闇の天使たちを見据えて命令した。

「この地に我らの街を作るのだ。我らの子らが生きながらえる新たな街をな」

闇の天使たちは頷くと、姿を消した。

「サタン様、もうすぐ整いますぞ。ハハハハ」

海からリヴァが現れて荒波を立て、ジズが大空を舞った。高笑いが止まらないアモンの横で、ベヒモスはアモンの真似をして高笑いをした。その姿を見て、アモンの高笑いがさらに大きくなった。

宮殿の地下では闇が勢いを増し、宮殿を飲み込み始めていた。全てが闇で覆われる中でルシファーは大きな何かの力を感じていた。その闇の力の中にルシファーは暗黒の宇宙を見た。音もなく凪もなく匂いも感覚もない、ただ目の前には死から誕生への世界が映し出されていた。ルシファーは闇の世界から光の世界に流れる命を見た。

「表裏一体、輪廻転生とはまさにこのことなのだな。美しい、すばらしい世界だ」

ルシファーは神が創造された世界を垣間見た。しかし、その美しい世界は再び黒煙に遮られ、隠微《いんび》で憎悪に満ちた闇がルシファーを包みこんだ。

「ルシファー！　闇の王よ！　闇の力が間もなく復活する〝然るべき時〟が訪れるのだ」

闇は稲妻を呼び起こすと、ルシファーに目掛け放った。何度も何度も容赦なく、怒りをあらわにし喜びさえも感じられる程に続けた。

「そなたは闇の王、我が命に従えばよいのだ！　光の思考などこの稲妻をもって消し去ってくれる!!」

ルシファーは叫び、痛みをこらえた。瞳がギラギラと炎のように燃え上がり怒りがこみ上げた。

「それでよいのだルシファー!!」

ベリアルは闇の力の偉大さに歓喜を上げ酔いしれた。

カインとセトはラジエルとエデンの丘に着いた。天使や女神たちが二人を出迎えた。

「よくぞ来たな！　カイン、セト」

初めて交わすミカエルの言葉に二人は緊張してしまったのか、慌ててラジエルの後ろに隠れた。その姿が可愛く見え天使たちは微笑んだ。

「ここからは私とガイアが二人を案内しようではないか」

ミカエルはラジエルの後から顔を覗かせている二人の手を取ると歩き出した。ミカエルに連れられ、ガイアの笑顔に幸せを感じた。

「やはり私もそなたと村へ行こう」

そう言うガブリエルをラジエルが制止した。

「私一人の方が悟られまい。すぐに戻るから二人を頼む」

ラジエルはガブリエルに微笑み丘を出た。


ミカエルとガイアは二人をまずアダムとイヴが生まれた場所に案内した。生命の樹に実る果実を見つけると、セトは果実をもぎ採ろうと荒々しく手を伸ばしたが、その手を掴み優しくガイアが諭した。

「光の神の果実ゆえ触れることさえ禁じられているのです」

セトはほほをふくらませ背を向けた。

次に黄金色に輝く美しい田畑を案内した。畑を耕している天使たちや、収穫した穀物の輝きにカインはいつしか魅了されていた。カインが喜びに満ちた瞳をミカエルに向けると、その喜びはミカエルにも通じていた。ミカエルは微笑み返すと、カインの背中を押した。カインは喜び勇んで黄金色に輝く稲穂に向かって走っていった。

ミカエルとガイアはセトを連れ、少し離れた小屋に立ち寄った。カンカンと真っ赤に燃えた鉄を叩く音が聞こえた。

「セト、ここは我らが使う刀や鎧などを作る場所だ」

ミカエルがきれいに砥ぎすまされた刃を取ってセトに見せた。

「どうだ、美しいであろう」

セトはその美しさに魅了された。

「セト、持ってみるか？」

セトは大きく頷き刀を受け取った。重みでバランスを崩しかけたがガイアが受け止めた。セトは少し照れながらガイアに微笑みを返すと、刀を構えた。美しく繊細で鋭く輝く刃を見るや、刀を打つ天使のそばにちかづいていた。ミカエルは興奮するセトを見て、「ここでいつまでも暮らしてよいのだぞ」と心から思った。

2―4　不義の子アベル

アダムは食卓でイヴが焼いたパンと干し肉を頬張っていた。アダムは子供たちのことを思いながら嬉しそうだった。扉を叩く音が聞こえ、イヴが出迎えた。とても親しそうに三人の男女を連れてきた。

「アダム、紹介するね。この三人はあなたがエデンの丘に行った時に、ここにやって来たの。名前はルナとレイとオズワルド。とても良い人たちよ。カインとセト、それに村の人たちの世話をしてくれてるの」

「アダム、お会いできて光栄です」

ルナが微笑んだ。レイとオズワルドもそれにならって不自然に笑顔を作った。

「今日はお願いがあってまいりました。実は我が息子のアベルをこちらで預かっていただけないかと思っているのですが」

そう話すルナの背後からアベルがギラギラした目を輝かせ、顔を出した。イヴは手招きしてアベルを椅子に座らせると、温かいミルクを与えた。アダムはなんだか怪しく思ったが、アベルのまだ幼い姿を見て心を許しかけていた。しかし、心から了解できなく思うのは、なぜこんなにもイヴになついているのか、間柄がやけに密接にも思えたことが気になり笑顔になりかけていたアダムの表情が少しこわばった。

「アダム、私たちはしばらくこの村を離れないといけないので、その間アベルをここに泊めていただきたいのですが」

ルナはアダムの気をそらすかのように話しかけた。アダムは無邪気に笑うアベルを見てカインやセトを思い出していた。悩みながらもアダムは承諾した。ルナたちは喜び、顔を見合わせると優しくアダムを抱きしめた。

「アダム、心より感謝します」

ルナはアダムから離れると今度はアベルを抱きしめた。アベルの耳元で何かを告げると、アベルは笑顔を浮かべているアダムを見て微笑んだ。ルナはイヴにも感謝を述べ、急ぎ足でレイとオズワルドを連れ、家から出ていった。アベルは閉ざされた扉をいつまでも見続け微笑んでいた。

レイとオズワルドは他の家々を訪れ、オズワルドが女性を誘い、レイが男性を誘って魅了すると思考を止めた。その隙にルナが子供たちをさらうと隠れ家に運びこんだ。サタンが姿を見せると、子供たちはサタンに微笑み、抱きしめられるのを待ちわびていた。

オズワルドとレイが隠れ家に戻ると、サタンに寄り添いながら子供たちは幸せそうな寝顔で再び眠りについていた。オズワルドたちに子供たちを任せ、子供たちを起こさぬようにサタンはそっと隠れ家を離れ、宮殿へ向かった。

陽が昇り、エデンの丘ではカインとセトが朝早くから興奮して、広場で大声で話をしていた。どうやらお互いの自慢話のようだ。カインは穀物を収穫してパンを焼きガブリエルに食べさせた話を、セトは初めて自分で作った矢じりを首にぶら下げ、ミカエルに褒められた証を誇らしげに話していた。二人の大きな声に集まった天使は　微笑ましい二人の姿を見て安らぎを感じていた。

そんな中、ヤハウェが急に立ち上がると、生命の樹に向かって飛び立った。天使たちは突然のヤハウェの行動に戸惑ったが、すぐさま後を追いかけた。

神からの御言葉が届いたようだ。ヤハウェに眩い光が照らされると天界から神の御言葉が降りてきた。ヤハウェが大きく頷き、天を仰ぐと眩い光は消えていった。

「ヤハウェ、神はなんと申された？」

ガブリエルが尋ねてもヤハウェは答えず神妙な顔をしていた。

「ヤハウェ、どうしたのだ？」

ミカエルに言われてヤハウェは我に返り、みんなの顔を見回し、口を開いた。

「神は申されました、闇の力が復活し、然るべき時が間もなくやってくると」

天使たちはその時を心待ちにしていた。はやる気持ちがあらわとなり、歓声がいたる所であがった。ヤハウェは手を上げて皆を制した。

「御言葉はまだ続きます。光と闇は表裏一体、どちらかが欠けてもこの世界は成り立たない。故、光が勝っても闇が勝ってもこの世界は終わる。しかし、アラディアの闇の力は何としても封じ込めなければならない。皮肉にも闇の力が復活したから皆に言葉を送ることができたのだ。然るべき時が終われば真の新たなる世界が始まるのだ。それは光や闇が争うことなく、皆が平等で限りある命を持ち、永遠に繋がれる美しき世界。この世界は終わることはない」

ヤハウェは静かに語り終え悟った。

「どういう意味だ？」

ガブリエルがたまらず聞くと、今までとは違う御言葉に天使たちはざわめいた。

「我らが勝っても闇が勝っても……、どちらが勝っても神が創造されたこの地球上から我らは消えるということだ」

ミカエルが声をあげた。ヤハウェは静かに頷いた。

「この地球は我らの物でも闇の天使の物でもなく、人間のために神が造られたものということだ」

「では、我らが闇の天使たちと闘う理由はどこにもないのでは？」

ミカエルは首を横に振った。

「ガブリエル、それは違う。神の壮大なる仕組みの中から生まれた邪悪な闇の神アラディア、その存在を後世に残してはならないのだ！　我らが今この時断ち切らねばならない！　我が兄のルシフェルを洗脳し奪ったアラディア！　断じて許すわけにはいかぬ。光の神に仕えてきた我らの使命とし野望もろともアラディアを葬るぞ！」

ミカエルは刃を抜き、天に掲げた。

「光の天使たちよ！　神の世界を守るのだ。たとえこの身が消えようとも、神の御心のままに戦うのだ！」

天使たちは刃を天に掲げ、歓声をあげ、ミカエルを讃えた。

天からミカエルに雷鳴と共に稲妻が落ちた。ミカエルは激しい稲妻の中で衝撃に耐えながら何かを手に掴んだ。天使たちは身構えミカエルを案じたが、ミカエルは大きく手を突き上げ、歓声をあげた。掲げたミカエルの手には黄金色に輝くきらびやかな槍があった――。神からの贈り物だった。その槍を天高く掲げ、ミカエルは感謝と喜びに浸っていた。天使たちの歓声がエデンの丘に響き渡った。

　カインとセトも見よう見まねで歓声をあげて喜んでいた。


　サタンは宮殿に戻り、広間で果実酒をあおり酔っぱらっていた。

　ベリアルがサタンの姿を見て近づいた。

「サタン！　そなたはいったい何をしておるのだ？」

　サタンは微笑んだ。

「ベリアル、そなたこそいったい何をしておるのだ？」

　サタンは同じ言葉を返した。

　ベリアルは少し苛立ち、声を荒げて怒鳴った。

「ルシファーにしてもサタンにしても私をなめおって！」

　ベリアルは壁に果実酒の入った瓶を叩きつけた。サタンは顎に手を当てベリアルを見た。

「ベリアル、そなたはルシファーが気にくわないようだな、忠誠を誓っているのでは？」

　ベリアルはサタンのトゲのある言葉が気にくわなかった。サタンを睨みつけた。それを察したサタンは笑顔で近づくと、ベリアルの肩を掴み小声で呟いた。

「そなたに近く最大のチャンスが訪れるであろう」

　サタンはそう告げると高笑いして闇の奥へと入っていった。ベリアルはサタンの言葉を疑った。

「いったい何を考えておるのだ、サタンは？」

2―5　サタン、子供たちを拉致する

ラジエルが村に戻ると、村人たちがアダムの家の前に集まっていた。女たちは泣き崩れ、男たちはうなだれていた。ラジエルは近づいて手を差し伸べた。アミはその手を取り、話し始めた。

「目覚めると子供たちの姿がなくなっていたのです」

どこを探しても見つからず途方に暮れ、アダムの家に集まってきたという事だった。話を優しく聞き終わったラジエルは皆を家に戻るように諭した。

いつもなら村人が集まると必ず中心にいたアダムの姿がそこになく、ラジエルは胸騒ぎがした。

「アダム!!」

扉を叩いて様子を窺うと、静かに扉が開きアダムが顔を出した。

「アダム、無事であったか」

ラジエルは迎え入れられ、居間に通された。椅子に腰を掛けるや否やアダムは、カインとセトの安否を確かめてきた。ラジエルは、エデンの丘でミカエルやガイアがそばにつき見守って過ごしているため、安心しても大丈夫だと告げた。アダムは安堵し笑みを見せた。

飲み物を運んできたイヴの顔が何やら少し険しくなった。その様子を見たアダムはイヴを気遣い、椅子に寝かせたが容体は変わらなかった。奥の部屋からアベルがイヴを探して入ってきた。

アベルはラジエルの姿を見るなり、目を見開き奇声をあげ興奮し始めた。まるで獲物を見る獣のように。

アベルはラジエルを威嚇しつつ、椅子に横たわるイヴを抱え上げると奥の部屋に入った。アダムとラジエルは茫然として動けずにいた。

「アベルは何者なのだ？」とアダムは呟いた。

「アダム、よく聞くのだ。あの子は闇の子。あの子は私を見るなり攻撃的になった。それにあの力、幼い者の力ではない。他の家々では子供が皆消え、今この村にいる子はあのアベルただ一人なのだ。何かがこの村で起こっておるのだ」

アダムはラジエルの話を聞き、思い当たることがあった。

「カインもこの村の子供たちも、かつての僕とイヴと同じように成長がとても早いので気になっていたんです。多分あのアベルも……それにこの村の女たちは常に子を宿している……」

ラジエルは深く頷いた。

「私とイヴはソフィアの作る飲み物で早く成長しました。それと同じことが起こっているように思えます」

ラジエルはサタンを連想した。

「アダム、あのアベルという子は誰の子なのだ？」

アダムはイヴから紹介されたルナの話とレイやオズワルドの話をした。

「ルナ？　レイ……エデンの丘から来た？」

ラジエルは考えていたが、ふと何か思いついたようだった。アダムに十分気をつけるようにと告げ、家を出た。

ラジエルは村人たちの家を訪ね、確認したい事があった。最初の家にたどり着き扉を叩こうとした時、何やら背後に気配を感じた。振り返り、その者の姿をラジエルは見た。

「そなたがルナなのか？」

扉が開くと大柄の男が家から出てきた。男はいきなりラジエルの頭を目掛けて鈍器を振り下ろした。頭部に激痛が走り、ラジエルは前のめりに倒れこんだ。起き上がろうとしたところをもう一度殴られた。ラジエルの意識が遠のいた。

3—1　然るべき時は近い！

宮殿では闇の渦が嵐のように力を増し大きく広がり、今にも宮殿を飲み込みそうだった。ルシファーたちはその闇の嵐の中心にいた。ルシファーはイブリース、アザゼル、ベルゼブブ、サタンを呼んだ。ベリアルもサタンの後について入ってきた。

「闇は強く大きくなった。その力が我らに最大の力を与えてくれるであろう。この力を存分に吸収し、さらに強靭になるのだ」

ルシファーはそう告げると、イブリースとアザゼル、サタンとベルゼブブに戦いをするように命じた。ルシファーの言葉にベリアルは驚いた。

「ルシファー、何を命じておるのだ！」

ベリアルの声は誰の耳にも届かず戦いは始まった。イブリースの容赦ない先手攻撃でアザゼルはたじろいたが、なんとか凌《しの》いだ。ベルゼブブはサタンに体液をかけ、サタンがひるんだ隙に身体から蝿を無数に出し、サタンの魔力を吸い出させた。ルシファーはじっと闘いを見ているだけだった。ベリアルは息を荒げ、ルシファーに駆け寄った。

「ルシファー、何をさせておるのだ？　なぜ闘わせるのだ？　答えよ！」

詰め寄るベリアルにルシファーは腹を立て、手に持っていた刀を振り下ろした。奇襲の攻撃をベリアルは寸前でかわしたが、その攻撃によりベリアルも怒りが込みあげルシファーに刀を突き立てた。ルシファーは避ける事なくベリアルの刃を身体で受け止め、微笑んだ。怯んだベリアルにルシファーは容赦なく刀を振り下ろした。

アザゼルはイブリースの攻撃をかわし、翼から毒霧《どくぎり》を放った。イブリースは毒霧をまともに浴び、その場にうずくまった。アザゼルがとどめの一撃をイブリースの背中に突き刺すと、刀が腹から飛び出した。勝利を確信したアザゼルはイブリースに背を向け、もう一本の刀を振り上げた。だが、イブリースは腹から出ている刀を折り、攻めてきたアザゼルの額に突き刺した。両者は闇の渦が広がる床に倒れ込んだ。

サタンは蝿に群がられ、もがき苦しんでいた。ベルゼブブは尖った尻尾をサタンの額をめがけて突き刺した。サタンは倒れながらも大蛇に変化し、ベルゼブブに毒を放った。ひるんだ隙に身体に巻き付き締めあげる。大蛇はもがくベルゼブブの頭にかぶりつくと、頭をもぎ取った。しかしベルゼブブの尻尾は大蛇の顎から頭までを突き刺していた。大蛇は崩れ落ち、サタンの姿に戻っていった。

ルシファーはベリアルの攻撃をすべて身体で受け止め、全身が血で染まっていた。ベリアルはとどめとばかりルシファーの胸に刀を深々と突き刺した。ベリアルが勝利を確信し微笑んだ瞬間、ルシファーの刃《やいば》はベリアルの首をはねた。両者は倒れ込んだ。

闇はすべての亡骸を包み、飲みこんでいった。闇の中で巨大な稲妻が起こり、亡骸めがけて放たれた。闇全体が光に満ちあふれた。その光は宮殿すべてをも包み込み、天まで昇った。その眩しさはエデンの丘の光の天使たちにも見えていた。

「何が起こったのだ？」

「闇の神の仕業か？」

ガブリエルとラファエルが茫然とするなか、ミカエルは然るべき時が近いことを感じた。その光のもとにカラスやコウモリの群れが吸い寄せられるように飛んでいく。

大粒の雨が降り始め、雷鳴が轟いている。


アダムはイヴと食卓で話し合っていた。アベルは眠っているようだ。

「アベルはルナが連れてきた子だが、ラジエルを見た時のあの表情はとても異様だった」

イヴは目をそらしたままぼんやりと遠くを見ている。

「イヴ、聞いているのか？」

ようやくイヴはアダムを見た。

「イヴ、アベルは危険だ。闇の者と関わりがあるかもしれない。私は怖い。カインやセト、それにイヴ、そなたに何かがあったら私はどうしたらよいのだ？」

アダムは頭を抱え込んで悩んだ。

イヴはアダムの肩を優しく抱き寄せると、頬を合わせた。

「私が私の家族を必ず守ります。アベルはルナが戻り次第すぐに返します。私の言葉を信じて安心してください」

そっと口づけし、イヴはアダムを寝室へと招いた。


エデンの丘の広場では宮殿から出た摩訶不思議な光が消え、警戒が和らいでいた。ガブリエルは怯えているカインとセトを元気づけるため、天使や女神たちに豪勢な食事を用意させていた。ガイアは二人を連れて食事の並ぶテーブルの前まで案内した。ごちそうを見て、二人は怯えていたことなど忘れたかのようにはしゃいでいた。無邪気に食事をする二人を見て、皆の顔に笑みが浮かんだ。

二人は多くのことを天使や女神たちから学んでいた。大地との関わり方、天体や時の流れのこと、錬金術や鍛冶のこと、狩猟の仕方、闘い方など短期間のうちにいろいろなことを覚えた。特にセトはまだ幼かったが、立派に成長していた。

「さすがアダムとイヴの子供たちだな」

「そうだな、賢い子たちだ。何より女神ガイアがよく世話をしているからな」

「ガイアはアダムとイヴの世話もしていたしな」

ガブリエル、ミカエル、ラファエルが口々に話す。カインとセトはとてもガイアを慕っていた、まるで家族のように。


宮殿を覆っていた闇は、光が放たれた後消えさり、すべてが静まり返っていた。広間の壁や床から闇の天使たちが静かに現れ、繭にくるまれた塊を運んできた。六体の繭が広間に並べられると、突然、地下からけたたましい音と共にカラスやコウモリの群れが現れ、繭の塊に群がった。群れは激しくくちばしや牙で繭を食い破り始めた。地上からねずみの群れも現れ、繭をかじり始めた。すると、かじられ空いた穴から腕が飛びだし、群れているカラスやコウモリやねずみを掴んだ。掴まれたカラスやコウモリやねずみは動きを一切やめ、操られるかのように次から次へと繭の中に吸い込まれていった。むさぼり喰う音が広間に響いた。瞬く間に辺りは羽根や肉片で覆いつくされていった。その後を選ばれし闇の女神が身をささげた。


ラジエルは目を覚ました。両手足を縛られ柱に吊るされていた。目の前にはインキュバスが立っていた。その後ろには多くの子供たちが身を潜めてラジエルを見ていた。ラジエルは辺りを見回しようやく自分がいる状況を理解できた。

「やはり闇の者が企んでいたのか。それにこの子供たちは村にいた子供たちだな。この目の前の大きな魔物は誰だ？」

いろいろなことがラジエルの頭の中を駆け巡った。インキュバスが近づき、ラジエルを殴りつけた。ラジエルは再び気を失った。


食い尽くされた屍の中、繭の中からルシファーたちが、まるで長い眠りから覚めた者のようにふらふらと現れた。ルシファーの身体は燃える炎のように真っ赤になり、髪や翼は漆黒に染まっていた。

サタン、イブリース、アザゼル、ベルゼブブ、ベリアル、全てが深紅と漆黒に変わり、鋭く尖った大きな牙が生えていた。瞳は暗闇の恐怖を物語るかのように深黒《しんこく》に不気味に輝いていた。

「ルシファー、これは何なのだ？　私はそなたに敗れて命を落としたはず」

「ベリアル、みな生まれ変わったのだ。闇の神との魂の契約を交わし魔人として蘇ったのだ」

「何だか喉が渇く！」

「まだ物足らぬ！」

サタンとイブリースは闇の天使たちに飛びかかると、肉を喰らい、血をすすり始めた。アザゼルとベルゼブブもそれに続き飛びかかった。ルシファーは皆を制した。

「やめておけ！　天使を喰らうことは許さぬ。然るべき時が目の前まで迫っておる。兵士を減らしてはならぬ、喰らいたければ光の天使を喰うがよい」

天使の喉元に喰らいついていたサタンはしぶしぶ天使を離し、大きな翼を広げると、振り返る

ことも なく宮殿を飛び出した。ルシファーは生まれ変わった身体に傷をつけ、誓いを立てた。

「我が心に迷いなし」

地下の闇が解放され、皆がざわつき始めた。


ヤハウェがミカエルに報告を上げた。

「ミカエル、ラジエルが村に行ったまま戻りません。何かあったのでは？」

ミカエルは村に行くため急いで身支度をしていた。

「ミカエル！　ミカエルはここにとどまってください。いつ闇の者たちが動くやもしれません。私とガブリエルで行ってまいります！」

「わかった！　頼むぞ！」

ラファエルとガブリエルは身支度をして村へと向かった。

「人間と一緒かもしれない、歩いて行こう。道中で会うかもしれないしな」

ガブリエルは森林を通る道を選び、先を急いだ。その後をカインとセトが追いかけた。二人が出ていったのを見てガイアも後を追いかけた。


「ラジエル、起きよ！」

サタンは尻尾でラジエルを叩いて目を覚まさせた。ラジエルの前には以前よりすごみを増したサタンが立っていた。

「ラジエル！　そなたの察する通りだ。この村に魔物の種を蒔いてやったのだ！」

サタンはサッキュバスを指差した。部屋の隅で腹を撫で、横たわるサッキュバスが目に入った。ラジエルと目が合ったと同時に、サッキュバスの腹が裂け五人の赤子が生まれた。サタンは赤子を取り上げ、笑みをこぼしていた。サッキュバスの裂けた腹はすぐに元に戻り、六つある乳房から赤子たちに乳を飲ませた。おぞましい光景に目を背けるラジエルの顔をサタンは掴み、見続けるように向けた。乳を飲み終えた赤子たちは瞬く時に子供へと成長した。

「これは！　もしや？」

驚きと恐怖に震えるラジエルにサタンが言った。

「ラジエル、その通りだ。アダムとイヴにもこの乳を飲ませたのだ。少し混ぜ物はしたがな。ハハハハ」

すべてが闇の者の策略であったことを知り、ラジエルは愕然とした。サタンは続けた。

「もっと驚かせてやろう！　そなたの見たアベルは私とイヴの子供だ！　神の創造した初めての人間の女に子を産ませたのだ！　ハハハハ」

ラジエルは立ち上がると、怒りに任せサタンに身体をぶつけ、弾き飛ばした。サタンは床に倒れ込んだ。

「我が神を冒涜するな！」

サタンは笑いながら立ち上がり、ラジエルの首を掴んで頬を舐めた。

「ラジエル、そなたが忠誠を誓う神は、そなたを助けてくださるのかな？　ハハハハ」

サタンはインキュバスにラジエルを力ずくでねじ伏せさせ、子供たちを呼ぶと、赤黒く輝く瞳の子供たちが集まってきた。

「我が子供たちよ、ラジエルは人間になりたいそうだ。どうやら翼が邪魔らしい。皆でラジエルの望みを叶えてやるのだ。ハハハハ」

子供たちはラジエルの翼の羽根をむしりだした。

「やめろ！　やめてくれ！」

ラジエルが懇願するも子供たちはやめようとはしなかった。ラジエルの美しい翼はみるみる羽根を失い、ラジエルの血で真っ赤に染まった。ラジエルは力を失い、意識が遠のいていった。

3―2　イヴとアベルの狂乱

アダムの家の前にガブリエル、ラファエル、カイン、セト、ガイアの姿があった。カインとセトが初めに家に入っていった。突然の帰宅にアダムが大喜びし、勇ましく育った二人を強く抱きしめた。

「よく戻った。イヴを呼んでくるから話を聞かせてくれ」

アダムはイヴを呼んだ。寝室からイヴが出てきて二人を抱きしめた。一瞬イヴの顔がこわばった。

「あなたたちの話を早く聞きたいけど、その前にアベルを紹介するわね」

奥の部屋から様子を窺いながらアベルが出てくるとカインとセトに挨拶をした。

「お兄ちゃんたち、よろしくお願いします」

アダムは唖然とした。

「お兄ちゃん？」

カインもセトもアダムも何を言っているのか解らずイヴに目をやった。

「ルナの子供を預かっているだけなの。でもほんとにかわいいから、あなたたちと一緒に育てようかと思って、アベルにはそう話したのよ」

イヴの言葉を聞いて更に話が理解できずうろたえるアダムとカインとセトだったが、話が前に進まないと考えたカインはイヴの話に合わせる事にした。

「そうか！　アベル、我が弟になるのだな。さあ、兄を抱きしめてくれないか」

アベルはイヴから離れ、カインのもとに駆けていった。その姿を見てアダムとセトは驚いたが、カインはアベルをしっかりと受け止め抱きしめた。

「そうだ！　父さん母さん、実は僕たちも紹介したい人たちを連れてきたよ」

セトが扉を開けガブリエルを招いた。アダムはすぐに飛びつき抱きしめた。久しぶりの再会だった。続いてラファエルが家に入ってきた時、アベルに異変が起こった。瞳が赤黒く輝き、牙が生え、威嚇し始めたのだ。カインは慌ててアベルを突き放した。床に叩きつけられても威嚇をやめることなくガブリエルたちに近づいてきた。みるみる全身の毛が逆立ち、アベルはますます興奮し獰猛になった。

「この子は何だ？」

アベルはガブリエルの首目掛け飛びかかった。不意を突かれ慌てて庇った左腕を噛まれた。腕を何度も振り払い、ようやくアベルを叩き落とすと、すぐさま蹴り飛ばした。開いていた扉から家の外に逃げ出した、アベルは、家の外に立っていたガイアを見つけると飛びかかった。ガイアはとっさに身を屈《かが》めた。

カインが家の中から鋭く尖った矢を放った。矢はアベルの胸を射抜いた。アベルは地面に叩きつけられたが再び立ち上がり、胸に刺さった矢を抜くとガイアに再び襲いかかった。カインは再び矢を放った。矢はアベルの額に当たり、勢いよく飛ばされ壁に張り付いた。

イヴはアベルの死を見て大声でわめき、カインに飛びかかった。必死に止めるアダムとセトをイヴは並み外れた力ではね除けた。ラファエルはイヴを掴み、頬を殴った。イヴは気を失うと、その場に倒れた。カインは飛び起きると、ラファエルの後ろに隠れた。

狂乱し倒れたイヴをアダムは茫然と見ていた。

「どうしたのだ、イヴ？」

アダムは訳がわからず、ひざまずくと、ゆっくりとイヴを抱きしめ嘆き崩れた。カインはアベルを射抜いたことに後悔と恐怖を感じ震えていた。セトとガイアが駆け寄り、カインを抱きしめた。

「カイン、後悔することは何もない。そなたは私とガイアを救ってくれたのだからな」

ガブリエルの言葉にカインは震えながら頷いた。ラファエルは意識を失って倒れているイヴをまじまじと見ていた。

「まさか本当に、そなたまで闇の力に落ちたのか、イヴ？」

ガイアはカインとセトを家から連れ出し、ラファエルは泣き崩れているアダムをイヴから引き離すと、外に連れ出した。ガブリエルはイヴを動けないように縛り、離れに閉じ込めた。

「ガブリエル、この村のほかの人たちも何かされているはず。イヴのように闇に落ちているのなら、我らの姿を見れば、あの子供やイヴのように凶暴化するやもしれぬ」

ガブリエルとラファエルは家々を回って人間たちを確かめた。残っている人間たちは、虚脱感はあるものの誰も凶暴化する事はなかった。

「ラファエル、この村にいては危険すぎます。エデンの丘に連れて戻りましょう」

「ラジエルは私が残って探す。ガブリエルはこの者たちを皆、エデンの丘へ連れて帰ってくれ」

ガブリエルは躊躇したがアベルを思い出し頷いた。あまりのショックで立ち上がれないアダムを背負い、エデンの丘を目指した。ガブリエルの後ろにカインとセトとガイアが続き、村の男女が寄り添うように歩いていった。残ったラファエルは険しい顔で村を調べ歩いた。

「ラジエル、必ず見つけるからな」。ラファエルが力を込めて呟いた。


ラジエルは目を覚ました。血なまぐさい匂いが鼻をつく。辺りを見回したが誰かがいるような気配がまるで感じられない。身体に激痛が走る。思わず叫び声をあげた。痛みに耐え、床に散らばっていた自らの羽を払いのけながら、床を這い、壁を頼りに何とか立ち上がった。

「まだ私は生きておったか」

その時、ラジエルは背後に気配を感じ、ゆっくりと振り返った。目の前にサタンが立っていた。

「ラジエル、哀れよの。そなたの神の助けはなかったようだな」

ラジエルは初めて絶望を感じ、目を閉じると祈りを捧げ始めた。それをサタンが制した。

「ラジエル、死に急ぐな！　そなたの命は助けてやる。そなたの神への私からの置き土産としてな。だが、天使としての命はもらっていく」

サタンは刃を抜き、ラジエルの翼そのものを根本から切り落とした。断末魔の叫び声をあげ、床に倒れもがき苦しむラジエルの背中から大量の血が吹きだしていた。

「ラジエル！　また会おう」サタンは高笑いをしながらその場を後にした。


ラファエルは村の隅から隅まで探したが、ラジエルを見つけることができずに途方に暮れていた。その時、茂みの陰からうめき声が微かに聞こえた。ラファエルはその声の元をたどっていった。その声は茂みの奥から聞こえていた。草木をよけながら、さらに茂みの中に割って入っていくと、岩陰に隠れるように家があった。声は確かにこの家から聞こえてきていた。ラファエルは改めて身構え、扉を開けた。異様な威圧感が微かにあったが、気配はまったく感じなかった。用心深く家の中を進んだ。暗くてよく見えない。足元に何かが触れ、ラファエルは刀を構え、足元を見た。そこには血まみれで生気を失い痩せ細り、息も絶え絶えのラジエルの姿があった。

「ラジエル！　どうしたのだ！　ラジエル、しっかりするのだ」

ラファエルは弱り切り命が途絶えかけているラジエルを抱えると、急いでエデンの丘へと飛び立った。

エデンの丘ではガブリエルが先に、カインとセトとガイア、それに村人たちを連れて帰っていた。

「ラファエルはどうした?」とミカエルが尋ねると、

「ラジエルをまだ探しておる」とガブリエルが答えた。

カインとセトは村人たちを女神たちと共に部屋へと案内した。アダムも部屋に運ばれ、女神に看病されていた。

「ミカエル、私はラファエルのもとに戻る」

「ラファエル様が戻られます」

そう天使が告げると、ラファエルが涙を流しながら飛んで戻ってきた。腕には血まみれのラジエルを抱えて。

「ガブリエル!　ラジエルが!　ラジエルが……」

ミカエルの目にもその姿は見えた。ミカエルはヤハウェとガイアを呼んだ。ガブリエルがラジエルの身体をしっかりと受け止め、部屋に運んだ。ラジエルは死を迎えかけていた。

「ラジエル!　しっかりしろ!」

ガブリエルはラジエルの耳元で泣き崩れた。

ガイアが懐から袋を取り出した。袋の中には黄金色に輝く大地の砂が入っていた。ガイアは血で染まっているラジエルの背中に、その砂をかけた。砂はラジエルを包み込み、血を止め始めた。ガイアが手をかざし神に祈った。手から優しい光が放たれ、ラジエルを包み込み始めた。

ヤハウェが両手を広げ、円を描き始めると、円からもガイアが放つ光とは別の光が放たれ、ガイアの光と同化した。眩く力強い光が部屋一面に広がると。ラジエルの表情が優しくなり、身体が温かくなった。天使たちは安堵し、ヤハウェとガイアは感謝の祈りを捧げ続けた。

部屋に閉じ込められていたイヴが目を覚まし、辺りを見回した。壁には張り付いたままのアベルの姿が見えた。イヴは狂い人のように泣き叫び、大声でわめき散らした。手足を縛られていることに気づいて、縄をほどこうとして必死にもがき続けた。

イヴを連れに戻ったサタンが、家の隙間からネズミに変化し入ってきた。そこで見た光景にサタンは目を疑った。我が子アベルが無残にも死んでいる――。亡骸は壁に張りつけられたまま、見捨てられていた。

サタンは怒号をあげ、アベルの矢を抜き優しく抱きしめた。アベルの身体はすでに冷たく、サタンに微笑むことはなかった。怒りが全身を突き抜け、目に映る物すべてを破壊し、アダムの家は崩壊してしまった。サタンの目が柱のそばで動く物陰を見つけた。柱の近くの瓦礫を払いのけると、そこには縄で縛られ、もがいているイヴがいた。サタンは急いで縄をほどき、イヴを優しく抱きしめた。イヴはアベルの亡骸を茫然と眺めていた。サタンはアベルを抱えイヴに手渡した。

「イヴ！　何奴がこのような酷《ひと》い仕打ちをしたのだ？」

イヴはサタンからアベルを受け取り、愛おしそうに、何度も何度も顔を綺麗に拭いていた。目には涙を浮かべて。イヴの哀れな姿を見て、サタンの怒りは頂点に達した。

「ガブリエル、ラファエル、そして人間ども、決して許さぬ！」

サタンの怒りが極まり、口から真っ赤な血球を吐き出した。その血球を村に投げると大爆発を起こし村すべてが消滅した。翼を広げ、エデンの丘を睨みつけ、飛び立とうとした時、サタンの足をイヴが掴んだ。

「あいつらがとても憎い、すぐにでも首を引き抜き、敵を討ちたい。でもサタン、私は特別なこの子アベルを蘇らせ、再びこの手に抱きしめたいの」

イヴの懇願する姿を見て、サタンは羽ばたくのをやめた。そして、優しき顔を見せると、イヴを抱きしめた。

「闇の力では半人半獣の者は戻らぬであろう。しかしイヴ、そなたにしかできぬことが一つある。エデンの丘にまいるぞ」

アベルを抱きしめて離そうとしないイヴの手を引きながら、サタンは丘を目指した。


ラジエルは意識を取り戻していた。ガブリエルたちは歓喜の声をあげ、喜び抱きしめ合った。それを制するようにラジエルは話し始めた。

「やはり闇の者の策略だったのだ！　人間たちを一刻も早くエデンの丘に連れていき、目を覚まさせなければならない。子供たちは皆魔物がどこかに連れていったようだ。そして私の翼をもぎ取ったのは、すべてはサマエル、いや、サタンの仕業なのだ」

恐怖を感じるほどの言葉の重さに、ガブリエルやラファエルは怒りをあらわにしていた。ガイアは二人の肩に手を当て怒りを和らげた。

「ラジエル、安心してください。アダムやカインやセト、それに人間たちはこのエデンの丘にもう着いております」

「あとは私たちに任せて、ゆっくりと休むがよい」

「私がここで見守り、手当てをします」

ラジエルは安心できたのか、そのまま眠りについた。ガイアはいつまでもラジエルの手を優しく掴んでいた。

アダムが目を覚ました。部屋ではヤハウェとカインとセトが見守っていた。

「ここはどこ？　イヴは？　イヴは？」

カインとセトはアダムに抱きついた。二人の顔を見て幾分か表情は和らいだが、カインとセトは眼中にはなく、辺りを見回しイヴを探し続けていた。アダムを不憫に思い、ヤハウェがアダムの額に手をかざした。アダムの表情は和らぎ、再び眠り始めた。カインとセトはヤハウェにすがりついていた。

「しばらくアダムを見守りましょう」とヤハウェが言った。

サタンはアベルを抱え、虚ろな笑みを浮かべたイヴを連れて歩いていた。

「イヴ、よく聞くのだ。これよりエデンの丘の生命の樹を目指すのだ。その実をもぎ取り、アベルに喰わせるのだ。さすればアベルの命は戻り、復活するであろう」

サタンの声が聞き取れたのか、イヴの眼差しが少し強くなった。

「これはそなたとアダムにしかできぬこと。闇の者が触れると果実はすぐに灰になるからだ。私は目立ちすぎるゆえ、ここからは蛇に姿を変えるが、一刻も早く生命の樹の実をアベルに与えるのだ、よいな、イヴ！」

サタンからアベルを受け取ったイヴはしっかりと抱きしめ、脇目も振らず一心不乱にエデンの丘を目指した。サタンは蛇に変化してイヴを追った。


エデンの丘で、ミカエルは皆の報告を聞いていた。

「ミカエル、ラジエルの話では人間たちはサタンの策略により魔法をかけられ、半人半獣の子を創らされていたようだ。生まれた子供たちはサタンがさらっていき、隠れ家に集めていたようだ。それを突き止めたラジエルは囚われの身となり、翼をもぎ取られ瀕死の重体になっていた。ガイアやヤハウェの手当てで命はとりとめたものの……」。ラファエルはラジエルを思うと涙があふれた。

「ミカエル、ラファエルの言う通りです。それにイヴが闇の魔の手に落ち、魔物と化して我らに牙を剥いて襲ってきた」

「アダム、アダムはどうしたのだ？」

「ヤハウェのもとで手当てを受けて眠っております」

「サタンめ、断じて許さぬ。この手で必ず仕留めてみせる」

ミカエルはラジエルを見舞った。

「ガイア、ありがとう。心より感謝する」

ミカエルの言葉にガイアは頷き立ち上がった。

「ラジエルの命は何とか助かりましたが翼をなくしました」

ガイアの瞳から大粒の涙が頬をつたって流れ落ちた。ミカエルは心深く受け止め、しばらくラジエルを見ていた。ミカエルの身体を怒りが駆け抜け身体が震えた。ミカエルはアダムの部屋にも向かい、手当てをしているヤハウェに目を向けた。ヤハウェは笑顔で頷き、ミカエルを安心させた。ミカエルはアダムのそばで心配しているカインとセトを優しく抱きしめ怒りを抑えた。


イヴはアベルを引きずって歩いていた。サタンは先回りして、天使たちにイヴが見つからぬように道案内をしていた。イヴが立ち止まり、アベルの髪をとかし、身体の汚れを払っていた。

「アダム？」

サタンはイヴの言動を不思議そうに見ていた。笑顔を見せるとまた険しい顔に戻り、イヴはアベルを引きずり歩き始めた。

エデンの丘ではアダムが目覚めた。容体も安定したので、ヤハウェも安心して部屋を出ていた。カインとセトは疲れてベッドのそばで眠りこんでいた。誰もアダムが目覚めたことに気づかな

かった

「イヴ！」

その、ほんのひと時の間に、アダムは誰にも気づかれぬように部屋を離れ、まるで何かに引き寄せられるように林の中を走っていった。

海沿いに街が姿を現した。生気がなく虚ろな目をした怪しい者が街を徘徊している。ある建物の中で椅子に座り果実酒を飲み、魚を丸呑みしている蛙面《かえるづら》の魔物たちが誰かを待っている。やがて男女の姿が見え、それに続き多くの子供たちが遠くに姿を現した。魔物たちは外に出て祝杯をあげた。蛙面の魔物は慌てて暗闇に潜む者に伝えた。

「うまくいったようだな、アモン」

ベヒモスが声をかけると、アモンは暗闇から姿を現し、高笑いをあげた。大きな風が吹き、町の囲いの看板が落ちた。看板には「ソドム」の名が書かれていた。

宮殿の闇が再び強く大きくなってきた。ルシファーはこれから起こる何かが然るべき時と考え、イブリースを呼んだ。すべての闇の軍勢が姿を現し、ルシファーの前にひざまずいた。ベリアル、アザゼル、ベルゼブブも戦いに備えルシファーの指示を待った。

3―3　生命の樹の実を食べよ！

イヴは動かないアベルを抱え、サタンと生命の樹の下にたどり着いていた。サタンは辺りを窺い、蛇から姿を戻し、イヴに近づいて囁いた。

「さぁ、イヴよ。目の前の果実を取り、アベルに喰わすのだ。さすれば再びアベルを抱きしめられようぞ」

イヴがサタンの言葉にしたがって目の前の果実に手を伸ばしたその時、アダムが叫んだ。

「イヴ、やめろ！」

イヴはアダムを見た。

「アダム？」

イヴは微笑んだ。アダムはイヴのもとへ駆け寄った。

「イヴ、何をしておるのだ。この果実は神の物だ。なんぴとも採ってはならない」

アダムは果実を採ろうとするイヴの手を取り、優しく抱きしめた。すると、そばに横たわっているアベルの亡骸にアダムは気づいた。

「イヴ、なぜこの子の亡骸がここにあるのだ？」

「アダム！　この子はアベル。私の三番目の子供なの」

イヴの瞳が赤黒く輝き出した。

「何を言っているのだ。我らの子はカインとセトではないか」

「アダム、あなたの子はそうだけど、アベルは特別に大切な子なの」

アダムはイヴの言葉が理解できなかった。

「アベルは私とサタンの子なの！」

イヴは不敵な笑みを浮かべて言った。

「だからアダム、アベルを生き返らせる邪魔はしないで」

アダムはイヴの言葉に愕然とした。イヴはアダムを突き放し、再び果実を手に取った。

アダムの背後で高笑いをしながらサタンが囁いた。

「アダム、もはやイヴはそなたの妻ではない。イヴの姿を見よ」

イヴの美しかった顔がおぞましい形相に変わった。口が耳元まで裂け、牙が生え、髪は血のように真っ赤に染まり、長く鋭利な爪が伸び、魔物と化していった。

「イヴ、なぜだ！　なぜ……」

アダムは恐ろしさのあまり目をそむけ、頭を抱えた。アダムは目の前で起こっている出来事を見ることができなかった。

「可哀想なアダム。すべてを思い出にして、楽にさせてあげる」

イヴは尖った爪を振り上げ、怯えるアダムの喉を引き裂いた。アダムは涙を浮かべ、喉首から大量の血が吹き出した。変わり果てたイヴを見続けたまま静かに息を引き取った。イヴはアダムの唇に口づけをし、アダムの流す血を飲んだ。それを見たサタンは眉をしかめ、イヴを急かした。

「イヴ、急ぐのだ」

イヴは我に返ると、生命の樹の実をもいで頬張った。歯で果実を砕き、アベルに口移しで何度も何度も果汁を飲ませた。アベルは目を覚まし、イヴを見て優しく微笑んだ。

「アベル、私の大切なアベル！」

雷鳴が轟き稲妻が光った。イヴが顔を上げ、天を見上げた時、稲妻がアベルめがけて落ちてきた。イヴは稲妻の電流に吹き飛ばされ、生命の樹に叩きつけられた。朦朧とする意識の中で、イヴはアベルを探した。

「アベル！　私のかわいい子、アベル！」

稲妻は止むことなく、幾度も幾度も生命の樹をめがけて落ちてきた。異変を感じたエデンの丘の天使たちはヤハウェのもとに集まった。

「神の果実を誰かが食べたのです。まずは皆、隠れてください。この稲妻はなんぴとも関係なく落ち続けます」

天使たちは皆、屋根のある場所の陰に隠れた。そこにカインとセトが部屋から飛び出してきた。ミカエルはカインとセトを抱きかかえ部屋に連れ戻った。

「父が、父の姿が！」

闇の宮殿からもその光景は見えていた。

「何が起きたのだ？」

ベリアルが不敵な笑みを浮かべていた。

稲妻は生命の樹の下で倒れているイヴをめがけて落ちてきた。サタンは木の陰から飛び出し、イヴを守るように抱きしめ身体をかわした。何とかやり過ごしたが、稲妻は止むことなく落ちてくる。

稲妻をかいくぐりながら、サタンはイヴを岩陰に避難させた。イヴを寝かせ、我が身も隠そうとした時、イヴが目を覚まし、サタンを払いのけ、アベルを連れに飛び出した。

「やめろ！」

サタンの絶叫と共に大きな稲妻はさらに激しくなり、生命の樹をめがけて落ちてくる。その中を脇目も振らず、イヴはアベルのもとに駆け寄った。焼けただれ、身体ともわからなくなったアベルをイヴは必死に抱きしめた。サタンは翼を広げ、イヴを掴み、その場を離れようとしたが、稲妻は容赦なく落ちてきた。イヴを岩陰に放り投げイヴは守れたが、サタンの身体を稲妻がかすめた。

「うぉ……」

サタンの絶叫が辺りに響いた。サタンは全身焼けただれ、その場に崩れ落ちた。イヴは目の前の状況がようやく理解できたのか、目の前で倒れて動かなくなったサタンを引きずり岩陰に逃れた。稲妻は依然として止むことなく、生命の樹に落ち続けた。果実が美しく実っていた景色はもうどこにもなく、荒れた焼け野原となってしまった。

「サタン！　サタン！　目を覚まして」

イヴがサタンの身体を揺すり声をかけるが、サタンは目覚めない。イヴは手に持っていた果実を口に含むと、少しずつ口移しでサタンの口に流し込んだ。イヴの目には涙があふれ、自分の無力さと後悔が心を責め立てた。その涙は頬をつたいサタンの焼けただれた頬に落ちた。その瞬間、うめき声と共にサタンが目を覚ました。激痛が走る。サタンはイヴの腕を掴むと、手に持っていた残りの果実を灰になる前に奪い頬張った。

3—4　アダムとイヴ、焼死する

稲妻が止んだ。ミカエルと光の天使たちは急いで生命の丘に集まった。果実が美しく実っていた景色はもうどこにもなく、辺り一面、すべてが焼け野原と化していた。

「なんということだ！」

「何が起きたのだ！」

ヤハウェとミカエルが絶望を隠せず発した言葉に、天使たちも愕然として焼け野原を見回した。

「なんてことだ！　アダム！」

ガブリエルはのどを引き裂かれて倒れているアダムを見つけた。慌てて駆け寄ると優しく抱きしめた。腕の中に横たわるアダムはいくら声をかけても身体を揺すっても、もう二度と笑顔を見せる事はなかった。

「アダム、なぜだ！　なぜここにいたのだ？　なぜこんなにも悲しい目をしているのだ？　アダム！　答えてくれ！」

ミカエルやヤハウェも駆けつけ、ガブリエルが抱きしめているアダムの姿を見ると悲しみがあふれ、崩れ落ちた。アダムの死を心から嘆き悲しんだ。いくつもの思い出がよみがえり、天使たちの瞳は涙に覆われ深い悲しみに打ちひしがれた。


宮殿では丘の見える場所にルシファーたちが集まっていた。イブリースがぽつりと言う。

「おびただしい稲妻が、何かを狙っているかのように、あの丘目掛けて落ちていた。輝いていた樹木が消え失せた」

「あれは生命の樹……。サタンはおるか!!」

怪訝な顔をしたルシファーが声を張り上げた。アザゼルとベルゼブブはルシファーの怒りを感じると首を横に振った。ルシファーは目をつぶり、大きな溜め息を吐くと、地下へと消えていった。


イヴは傷ついたサタンを抱きかかえて逃れていた。丘から離れた川沿いを歩いていた。イヴは辛そうな表情を露に、サタンの顔を覗き見た。

「イヴ、何も言うな、もはや終わったこと。それよりも、まずはアモンの待つソドムに行かねば」

川のそばの岩場でサタンを座らせ、イヴは川に入り顔をつけた。水をいっぱいに口に含み、サタンの口にあてがうと飲ませた。喉が潤うとサタンは幾分か落ち着きを取り戻した。

イヴは川で髪を洗い、身体の汚れを落としていた。その光景をサタンは虚ろ気に眺め、ある女神を思っていた。幼い頃、世話をしてくれたリリス——。その姿がイヴと重なっていた。

「イヴ、そなたはもはや人間には戻れない。私と同じ種族となって生きていかねば……」

サタンの話を遮り、イヴはサタンに口づけした。

「私はあなたといたい！　あなたは私を守り愛してくれた！　私は命を与えられこの地に現れ神が喜ぶ生き方を生きるはずだった！　だから後悔など微塵もない！　私はサタンの妃となり、生涯支えると誓う！　身体を流れる血にかけて!!」

サタンはイヴの言葉を聞き微笑んだ。そして、イヴの顎を優しく掴み、唇を自分の喉元に当てた。

「イヴ、まだまだそなたの力は強くなれる。我が血を飲むがよい。さすれば魔物の力がそなたにも備わるであろう」

イヴは牙を立ててサタンの喉元を噛んだ。

「イヴよ、そなたを我が妃とする。今よりそなたはイヴではなくリリス、光の神が創造した名など捨て、初めて私が愛した女神リリスの名を名乗るがよい、ハハハハハ」

リリスとなったイヴの身体は赤黒く染まり、瞳が黄色く輝いた。サタンを軽々と抱えると、ソドムへと向かった。リリスは微笑みながら自分の新しい名前を馴染ませるかのように何度も何度も発していた。

「ミカエル！　来てくれないか」

ラファエルに言われ、ミカエルは涙を拭いラファエルのもとへ行った。そこで見たものは、稲妻をまともに浴び、焼け焦げた人間だった。

「これはいったい？　……ミカエル、これはイヴではないか？」

呟いたラファエルの言葉を誰も疑わなかった。

天使たちは丘に戻ってきた。ウリエルとラグエルはアダムの亡骸を運び、ラファエルは焼け焦げたイヴの亡骸を運んできた。亡骸の前には茫然とたたずむカインとセトの姿があった。天使たちは悲しみに沈む二人の姿をただただ見守った。カインはアダムに駆け寄りたかったが、深い悲しみと恐怖で身体が動かせなかった。二人を不憫に思い、ガイアは二人を優しく抱きしめると部屋に連れて入った。

アダムとイヴの亡骸は二人が誕生した場所に埋葬された。ラジエルもミカエルたちと共にアダムたちの冥福を祈った。ミカエルはひざまずき、墓標に手を当て感謝を告げた。あふれる涙が頬をつたう。

ミカエルに続き、天使たちはアダムとイヴに別れを告げた。最後にラジエルが言った。

「アダム、イヴ！　今私は無常を感じここにいる。そなたたちを初めてこの手に抱いた時から神からの授かりものとして感謝をし、そなたたちの成長を見守った」

目に涙があふれ出した。

「私はそなたたちを守り切ることができなかった。神から授かった始まりの命を闇の手に委ねてしまった！　アダム！　イヴ！　弱き私を許してくれ……」

ラジエルは墓標に泣き崩れ、己を悔やんだ。

「ラジエル！　許しを請うのは私の方だ！　闇の策略にまんまと落ちてしまった。兄を思い過ぎ周りが見えていなかった。アダム！　イヴ！　すまない」

ミカエルはラジエルの肩に触れ、声をかけた。

「そなたはアダムとイヴのために命を差し出す覚悟で向き合った。なのに私は……。ラジエル、愚かな私を恨むがよい。そなたをこんな姿にまでしてしまった」

ミカエルの大粒の涙が頬をつたった。己の無力さと傲慢さがミカエルを襲う。ガブリエルをはじめすべての天使と女神が泣き崩れた。

「ミカエル、嘆き苦しみ己を罰するのはお止めくだされ。私は生きております。私は神が決められた運命に従います。ミカエル、あなたをなぜ私が恨むのですか？　確かにサタンは残忍で恐ろしく思います。しかし、サタンやルシフェルは闇に支配されてしまっただけ。私は意識を失い命が消えかかった時、すべてを垣間見たように思えます。闇の先に輝く未来へと続く光を。ミカエル、私は私の使命に生きます」

ミカエルはラジエルの強い意志を感じ、誓いを立てた。

「みんな聞いてくれ！　アダムやイヴを亡き者にし、ラジエルから翼をもぎ取ったサタン！私は断じて許さぬ。そしてすべての災いの元である闇の神を消し去る。なんぴとたりとも邪魔はさせぬ！　たとえ兄ルシフェルが私を制しようとも、私はこの手でルシフェルもろとも仕留め終わらせる」

復讐を誓うミカエルにラジエルは深々と頷いた。全ての天使や女神たちは、ミカエルの強き言葉に胸を打たれ、気迫が蘇った。

「ラジエルが言っていた闇の先の輝く未来、俺も見たい気がする」ガブリエルが願った。

ヤハウェは心が一つとなった皆のことを神に祈り、悲しみをいやし、戦いの先の未来の幸福を願った。

「時は来た。闇の宮殿に向かう！」

ミカエルはガブリエルとウリエルを従えると、宮殿を目指した。


ラジエルはガイアを呼び寄せた。

「ガイア、すまないが、私を宮殿の見える場所へ連れて行ってくれないか？」

ガイアは微笑み、ラジエルに肩を貸した。見晴らしのいい青く透き通った海を一望できる丘に、寄り添うように黄金色に色づいた木々が立ち並んでいる。組み合わさった枝が見事な曲線を描き、屋根の役割となっている。その場所にガイアはラジエルを連れ、座らせた。ラジエルはガイアの手を優しく取ると無償の愛を感じ微笑んだ。

「ガイア、私と一緒にこの行く末を見届けてはくれないか？　何があろうと最後の最後まで」

ガイアは笑顔でラジエルを抱きしめた。優しく吹く風が、ラジエルの傍に置いてある綴りかけの書を開いた。

第４章　最後の決戦。人間たちによる建国

１―１　然るべき時が来た

宮殿の地下で蠢く闇をルシファーは眺めていた。

「ルシファー、どうした。何を考えておる」

しびれを切らしたベリアルが怒った。ルシファーは答えることなく、蠢き続ける闇を見続けた。

ルシファーの意識の中で光に包まれるルシフェルが現れ、何かを指差し言葉を投げかけていた。

【闇のさらに奥のあの美しい世界。アラディアが覆わなければ、この地球はあの美しい世界の中に、光の神の創造が本当の未来を創る。そこでは闇も美しく輝き共に生きている。これこそが表裏一体、光と闇の融合の世界、限りある命こそが永遠の世界を彩れる】

ルシファーは無意識のうちに広間に来ると椅子に腰を掛け思い返していた。この宮殿に来てからのこと、アラディアのこと、垣間見たすばらしい闇と光の世界のこと、光の神のこと、ミカエ

ルのことなどを……。

不審に思い後を追ったベリアルはルシファーの肩に手をかけた。ルシファーは我に返り、憤怒の形相でベリアルを睨み、喉を掴んだ。ベリアルはもがき苦しみルシファーの腕を振り払った。闇がざわめき始めた。漂う空気が変わった。ルシファーは何かを感じ、掴んでいたベリアルの喉から手を離し、闇へと向かった。ベリアルは床にうずくまり、喉を押さえ咳きこんでいた。

「おのれ！　ルシファー、絶対に許さん。亡き者にしてやる」

ざわめいていた闇がアメーバ状になって動き出し、うずくまるベリアルに覆いかぶさった。ベリアルは何が起こったのかわからず、アメーバ状の闇の中でもがいた。

「ベリアル、我が子よ、恐れることは何もない」

ベリアルはアラディアの言葉を聞くと、もがくことをやめすべてをゆだねた。アメーバ状の闇はベリアルを飲み込んだまま形を変え、渦を巻き始めた。渦はとてつもなく早く回転し、やがて地面との接点が尖り始めた。渦はまるでドリルのように穴を掘り、闇から呪文が聞こえてきた。

床はバキバキと音を立てて砕けていった。渦は深く深く掘り進め、奈落の底まで続く深い穴が掘られた。闇の奥から聞こえてくる呪文はさらに大きく響き渡り、奈落の底からもその呪文が唱えられた。同調した呪文の中で何かが蠢き這い上がって来た。全身が油の塊でできているような何かが雄たけびを上げると、その波動は激しく伝わり、宮殿まで轟いた。宮殿はあらゆる所に亀裂が入り、脆くなっていた屋根が崩れ落ちた。

広間にはアザゼル、ベルゼブブ、イブリース、闇天使や女神たちも集まって来ていた。

大きな揺れは皆をイラつかせた。

「ルシファー、何が起こっているのだ？」

ルシファーは顔を上げ、アザゼルを睨んだ。

「イブリース、時が来た！」

イブリースは頷き、闇天使と女神たちを配置につかせた。

ルシファーは立ち上がり、アザゼル、ベルゼブブを配置につかせた。ルシファーはソフィアが愛していた青い海が目の前に広がる庭園に立った。その海の彼方に光り輝くミカエルたちの姿が見えた。ルシファーは微笑み、大きな翼を広げて舞い上がった。


青い海はとても穏やかで、心地よい風が頬を撫でる。

甘いほのかな香りが心地よく、すべてが眩く、何不自由ない最高の場所。

愛を囁き、音楽を奏で、黄金色に輝く稲穂は優しく風に揺れている。

川は穏やかに流れ、大地に豊かな生命を運んでいる。

常《とこ》しえに続く安らぎの世界を後世に残すべく、私はすべてを記する。

木陰の椅子で神に祈るガイアに寄り添い、これから起こる避けることの出来ない戦いの行く末を、ラジエルは固唾を飲みながら見守った。

ミカエルたちが青い海の上で止まった。そこにおぞましき光を放ち憎悪に満ちたルシファーの姿があった。

どちらかが言葉を発するでなく、光と闇がただ睨み合っていた。

あらゆる感情が込みあげ、ミカエルは涙があふれでた。

涙は頬をつたい、身体も震えていた。

ミカエルのすべての思いがルシファーに伝わった。

自らもあふれでる感情で目に涙をためていた。


穏やかだった風が突如、音を立てるほどの強風に変わった。美しかった海には白波が立ち、青かった空にも暗雲が立ち込めた。穏やかだった風景が一転し、天地すべてが怒濤の如く荒れ狂い始めた。宮殿の屋根が爆音と共に崩れ落ちると、巨大な闇の渦が一気に吹き出した。断末魔の叫び声も響いた。

ミカエルとルシファーは言葉を交わすことはなかったが、互いに運命を受け入れたのだ。ルシファーは身をひるがえし、宮殿へと飛び立っていった。ミカエルも頷き、ガブリエルたちと共にエデンの丘に戻った。暗雲が空を完全に支配した。轟き光る雷鳴が至るところで鳴り響き、大粒の雨が降り出した。ラジエルとガイアは木陰に身を寄せ、天使たちの身を案じた。

エデンの丘に戻ったミカエルは、言葉を交わすこともなく黙々と装備をまとった。村人たちはただ怯え嘆き、女神と共に小屋に籠っていた。広場に集まった光の天使たちの真ん中にミカエルが立った。

「いよいよ然るべき時がやってきた。闇をこの地球上から消し去り、神が創造した未来を築くのだ、我らが礎となって」

ミカエルの宣言に歓声が上がり、士気が高まった。

「もはや闇の王はルシフェルにあらず。アラディアの使い堕天使ルシファー。この戦いですべてを終わらせる！」

ミカエルが先陣を切り、出撃態勢が整った。


小屋から覗いていたカインとセトがミカエルのもとに駆け寄り、大切に抱え持った黄金色に輝く槍を手渡した。隅々まで飾り細工が施され、神の刻印が記されていた。

「僕たち兄弟が神から授かった槍に初めて細工を施しました。この槍で必ず闇を消し去ってください」

「ほとんどヤハウェ様とウリエル様に作ってもらったけど一生懸命頑張ったよ！」

二人は満面の笑みを見せ、ミカエルを安心させた。ミカエルはヤハウェとウリエルに目をやった。二人は誇らしげに微笑んでいた。ミカエルは槍を掲げ、雷鳴が轟く怒濤の空に飛び出した。

意気揚々と雄叫びをあげ、すべての光の天使がミカエルに続いた。

宮殿内では異変が起こっていた。宮殿に戻り広間に入ったルシファーの目に、身体をコールタールのようなネバネバしたものに覆われた闇の天使たちの姿が飛び込んできた。アザゼルとベルゼブブの身体にもそれは寄生していた。アザゼルはルシファーの姿を見つけるなり言った。

「ルシファー！　我が名はベリアル。そなた以上の闇の力を手に入れた本物の王」

ルシファーは事を理解し、呆れ果てた。

「もはやそなたらは、恐るるに足りぬ存在だ。ハハハハ」

寄生されたベルゼブブがそう言うと、ルシファーは怒りをあらわにして怒鳴った。

「そんなことはどうでもよい。ここを目指して光の天使たちが攻めて来ておる！　本物の闇の王なれば、そなたのその力で防いでみよ!!　ベリアル」

ルシファーは庭園に向かい臨戦態勢を取った。物陰からイブリースが現れた。

「俺は寄生されてはいない。闇への忠誠ではなく、今はそなたを支える者としてこの戦いに挑む」

ルシファーとイブリースは固い握手を交わし、荒れ狂う大空に羽ばたいた。闇の天使たちもそれに続いた。庭園にアザゼルとベルゼブブが飛び出てきた。それに続くように闇の天使と闇の女神が現れた。闇の女神に同化したベリアルが最後に現れ、軍勢に叫んだ。

「我が力を信じるがよい。そなたたちに最大の力を授ける。思う存分暴れてくるのだ！　光の天使たちを一網打尽にし、アラディアの、いや我が母の野望をやり遂げるのだ。光の天使どもを皆殺しし終えたら、最高の舞台でルシファー、そなたの首もはねてやる。邪魔だてする者もすべて亡き者にしてやる！」

寄生され洗脳された闇の軍勢はベリアルに忠誠を誓った。

1—2　戦いの火蓋は切られた

大きなラッパの音が高らかに鳴り響いた。その音を合図に、光の天使たちは一気に宮殿に攻め込んだ。斧を振り上げ先陣を切るガブリエルに衝撃が走った、上空からイブリースがものすごい勢いで体当たりしてきたのだ。意識が朦朧として落ちていくガブリエルをラファエルが救った。イブリースは刀を抜き、ミカエルに切りつけた。ミカエルは攻撃をかわし、イブリースを蹴りつけ、槍を構えた。その槍を払い、ルシファーが立ちはだかった。

ルシファーは刀を振りかざし、ミカエルを攻めた。ミカエルはルシファーの力強い攻撃を素早くかわし、刀を向け応戦した。ウリエルに助けられたガブリエルは、頭を抱えながらウリエルから離れると、イブリースめがけて斧を振りかざした。イブリースは斧を刀で受けたが、力で圧倒され怯む。イブリースの背後の闇の軍勢が、援護しようと攻めてきた。アザゼルとベルゼブブが先陣し、ガブリエルとイブリースにものすごい勢いで突進してきた。後に続く闇天使たちは光の天使たちに挑んでいった。

ガブリエルは宮殿に続く煉瓦作りの石橋に叩きつけられた。石橋はガブリエルの衝突が強すぎたのか、支柱が砕け崩壊してしまった。ガブリエルの持っていた斧は宮殿の門に突き刺さっていた。石橋の瓦礫の中にうずくまるようにガブリエルの姿があった。瓦礫を払い、頭を振りながらガブリエルは立ち上がった。

すぐさまアザゼルが鋭く光る小刀を持って、襲いかかってきた。アザゼルは素早い動きでガブリエルを翻弄し、幾度も幾度も小刀で切りつけ、傷を負わせた。反撃できなかったガブリエルは、たまらずその場にひざまずいた。

アザゼルは容赦なく攻め込み、ガブリエルを抑え込んだ。アザゼルは腰に携えた刀を抜き、戦利品として翼の一部を切り取った。ガブリエルは気力を失い、天を仰いだ。大粒の雨が容赦なく降り注ぐ。アザゼルの刀がガブリエルの首元に当てられ血が滲み出した。

その時、奇声を発してアザゼルがガブリエルの目の前で倒れこんだ。ガブリエルは目を見開いて辺りを見回した。足元にアザゼルが倒れ込んで、もがき苦しんでいた。背中には矢が刺さっている。

「この矢は……」

矢の飛んできた先を見ると、ウリエルが弓を引きアザゼルに狙いを定めていた。

「ガブリエル！　避けろ！」

意識が朦朧としているガブリエルは、背後に迫ってきていたアザゼルに気づいていなかった。慌てて身体を低くして身を守ったアザゼルに次の矢が放たれた。矢はアザゼルの胸を射抜いた。

闇の女神たちが宮殿から駆けつけると、アザゼルを囲みウリエルの矢を身体を挺して受け止めた。

アザゼルの身代わりとなった闇の女神たちは次々とアザゼルの上にかばうように倒れこんだ。

ウリエルの後方に弓を構えた光の天使たちが現れると、アザゼルは倒れていた女神を持ち上げ、それを盾のようにして崩れた橋の瓦礫の下に逃げ込んだ。

ウリエルはガブリエルを気遣いながら、光の天使を向かわせると、アザゼルを追った。しかしウリエルの行く手に闇天使たちが追いつき一気に攻めかかった。ウリエルは飛びかかってくる闇天使をめがけて、矢継ぎ早に弓を引いて打ち落とした。しかし、数で攻めてくる闇天使に圧倒され、接近戦に備え、刀に持ちかえて反撃を開始した。ウリエルは四方から振り下ろされる刀を寸前でかわし、間合いを取った。

「どれだけいるのだ」

ウリエルの背後から矢が放たれた。振り返ると、光の天使たちがウリエルを囲んでいる闇天使めがけて矢を放っていた。ウリエルは闇天使の陣営が崩れた所を抜け、慌ててアザゼルを探したが、どこにも姿はなかった。闇の女神の亡骸が重なり倒れているだけだった。光の天使たちは待ち構えている闇天使たちのもとへ突っ込んでいった。

ベルゼブブに追突されたイブリースは宮殿の庭園に落ちていた。庭に咲いていた花々が衝撃で飛び散り赤土の上で倒れた。朦朧として空を見上げたイブリースの目に映ったのは、多くの矢が降り注いできている光景だった。慌てて刀を振り、矢をかわしたが、かわしそびれた矢が左の腕に突き刺さった。痛みを感じる前に、イブリースは次の攻撃をかわすべく、身体をくねらせ銅像の陰に逃げ込んだ。

光の天使たちは庭園に降り立つと、イブリースを探した。

宮殿内に続く扉が開き、待ち構えていた闇の軍勢が押し寄せた。闇の女神たちが先頭に立ち、光の天使めがけて緑色の液体が入った小さな瓶を投げつけた。光の天使は盾や刀で小さな瓶を避けたり叩き割ったりして凌いだ。

瓶の中から飛び出た緑色の液体は方々に飛び散り、それを浴びた天使たちは身体が溶け出した。皮膚が焼け、翼がただれ落ちた。天使たちがもがき苦しんでいる、その隙を突き、闇天使が切りつけてきた。後方の光の天使たちが、倒れ込む光の天使たちを庇いながら、闇天使の攻撃をなんとか防いでいた。

その様子をイブリースは銅像の陰から窺っていた。闇の女神が口を開くと、無数の蝿が飛び出し、傷ついた天使の患部や、のたうち回る天使たちの口に群がって精気を吸い始めた。振り払っても払いきれず、吸われた天使たちの身体はみるみる衰弱し、枯れ木のように朽ちていった。

群がる蝿をめがけて火矢が放たれた。火矢には果実酒が仕込まれていた。果実酒に引火して火が飛び散った。蝿や闇の女神たちが火に焼かれて逃げ惑った。

さらに第二弾の火矢が放たれた。火矢は宮殿の中にまで達し、広間に近い、ソフィアが好んで座っていた椅子にも火が燃え移り、辺り一面は火の海と化した。

広間からベルゼブブが火を吹き消すかのように、大量の蝿を引き連れて飛び出てきた。ベルゼブブが腕を頭上で大きく広げると、それを合図のようにして突風が吹き荒れた。突風の勢いはものすごく、燃え盛っていた炎は瞬く間にかき消された。

ベルゼブブが腕を下ろすと突風は姿を変え、無数のコウモリとカラスが姿を現した。コウモリとカラスは光も闇も区別することなく襲いかかった。

ベルゼブブは高笑いをあげ、身体が燃えて逃げ惑う闇の女神たちを切りつけた。飛び散る血を身体に浴び、高揚した気分のまま殺戮を続けた。光の天使の首をはね、首元にかぶりついた時、庭園の端にある銅像が目に入った。ベルゼブブはその匂いを嗅ぎ、不敵な笑みを浮かべて叫んだ。

「出てこい！　イブリース！」

銅像めがけてベルゼブブが槍を投げた。槍は銅像に見事に刺さった。銅像の陰から傷ついた身体を引きずりながらイブリースが姿を現した。

「イブリース、そんな所で何をしておるのだ、怖いのか？　そなたはなぜ闇の恩恵を受けて蘇ったというのに、闇に忠誠を誓わないのだ？」

無数の蝿が天使たちから吸い上げた精気はベルゼブブに注がれていた。

「闇の力を侮るでない！」

イブリースは刀をベルゼブブに向け近寄った。

「闇の力は確かにすごい。しかし忠誠を誓う使命が私にはない！」

ベルゼブブはイブリースに気づかれないように鉤爪《かぎつめ》を仕込んだ。

「私はルシファーにすべてを捧げ忠誠を誓った！　闇の力以上の力を持つルシファーになぁ」

イブリースは渾身の力を込め、刀を振り下ろした。予知していたかのようにベルゼブブは刀をかいくぐりイブリースの懐に潜り込んで、仕込んでいた鉤爪でイブリースの腹を引き裂いた。イブリースはうめき声をあげ、もんどり打って倒れこんだ。ベルゼブブは尻尾を立て、狙いを定めた。

イブリースは引き裂かれた腹を手で押さえながら、なんとか立ち上がった。背後に殺気を感じ、渾身の力を振り絞り、振り向きざま刀を振り下ろした。イブリースの刀は見事ベルゼブブの頭に突き刺さった。イブリースは手ごたえを感じ、ベルゼブブの頭に刺さった刀を抜きに近寄った。

「さらばだ、ベルゼブブ」

刀に手をかけた時、イブリースは焦りの表情を見せた。頭に突き刺さった刀の周りが裂け落ち、身体に巣くっていた蝿が裂けた頭に入っていった。無数の蝿がベルゼブブの新しい頭を形作った。ベルゼブブの尻尾が再びイブリースを襲った。間一髪、左胸を狙った尻尾をイブリースは素手で掴み受け止めた。蝿が頭を覆い蠢いている。ベルゼブブの身体はもはや形がなく覆い尽くした蝿が形を変えイブリースに鉤爪を振りかざした。

「イブリース！　これが闇の力だ！　私は誰にも負けぬ！　お前にもな」

ベルゼブブはイブリースに鉤爪を振りかざした。

1—3　ラファエル、憤死

庭園にひしめいていたコウモリやカラスに火矢が放たれた。ラファエルの軍勢が攻めてきていた。コウモリやカラスに交ざり、毒をまき散らす闇の女神たちにも火矢の火が燃え移り、暴れ逃げ惑う闇の女神がその火を燃え広げた。炎はだれかれ構わず飲み込み、すべては灰と化した。逃げ延びた光の天使たちを救い、火矢は宮殿内にも放たれた。

ラファエルはベルゼブブの異形の姿を見つけ火矢を放った。火矢はベルゼブブの背に刺さり、火が一気に身体に燃え広がった。ベルゼブブは奇声を発しながら身体を変形させ、火矢をはじき出したが、燃え移った炎は消える事はなく、乾いた蝿はさらによく燃えた。地面に身体を擦りつけ、燃えさかる火から逃れようともがいたが、火力が強く身動きができずにいた。

燃え盛る炎を突き破り、ラファエルたちが宮殿の中に突入してきた。ラファエルは刀を構え、慎重に歩を進め、広間まで入ってきた。光の天使たちも後に続き、辺りを見回したが何も気配を感じない。火の手はもう間際まで迫ってきていた。ラファエルは奥へと進み、地下に続く階段を下りた。宮殿が大きく揺れ始めた。天使たちは身を屈め、用心深くラファエルに続いた。

「ラファエル！　そこまでだ」

地下の奥から声が響いた。

揺れは激しさを増し、地下の牢獄に亀裂が入った。ボロボロと床や壁が崩れ、怒りで真っ赤に燃えるゲートが姿を現した。ゲートの揺れが過激になり、それに併せて宮殿は大きく揺れた。

ゲートからは怪しげな呪文が響き、黒煙と共にゲートは爆音を立て破裂した。黒煙が噴き出る中、大きな翼を広げ、全身を真っ赤に染め憤怒の形相をしたベリアルが、勢いよく飛び出した。翼を羽ばたかせ怒号を発すると、ラファエル目掛けて突っ込んだ。ラファエルは身をひるがえしかわした。ベリアルは後続の天使たちに、大きな翼を羽ばたかせ、つむじ風を起こした。つむじ風がラファエルたちを襲ったが寸前で気づき、身を屈めて物陰に隠れやり過ごした。

ベリアルは苛立ち呪文を唱え、さらに翼を大きく羽ばたかせると力強く巻き上がる竜巻を起こした。

ラファエルたちは盾を立てて円陣を組み、壁を作って防御した。竜巻の威力は予想を超え、盾を蹴散らし天使たちを吹き飛ばした。壁や床、さらには天井まで天使たちは飛ばされた。

ラファエルはすぐさま立ち上がり臨戦態勢を命じたが、ベリアルは両手に刀を構え、竜巻と同化し、隙だらけの天使たちに襲いかかった。抵抗することもできずベリアルの刀が次々と天使たちを切り裂いていった。ラファエルは身構え、ベリアルの攻撃に備えたが、ベリアルは勢いを落とすことなくラファエルを吹き飛ばした。ラファエルは階段に叩きつけられた。身体はベリアルの攻撃により無数の切り傷がつけられており、血が流れ出ている。ベリアルは確信したのか見向きもせず高笑いを残し、宮殿の外へと飛び出した。

弱々しくラファエルは身体を起こし、ベリアルを追いかけた。ベリアルが飛びだしたゲートから無数の手が現れ、倒れている天使たちを掴んだ。必死に抵抗し振り払うが、力の弱った天使たちは、強い力で簡単にゲートに引き込まれていく。ラファエルにも闇の手は伸びたが、ラファエルは刀を振り下ろし、その手を切り落とした。

ラファエル以外の天使たちは皆ゲートの闇の手の餌食となってしまった。這うように逃げのびたラファエルはなんとか広間にもどった。広間にまで迫っていた炎はすっかり鎮火していた。ラファエルは広間の中央に立ち意を決めると身構えた。顔を歪める程の激しく鳴り響く破裂音と共に、闇の天使や女神は広間の壁や床から姿を現した。虚ろな目、不気味な笑みを浮かべながら、闇の者はラファエルを取り囲み間合いを詰めた。ラファエルは、目の前に迫る闇の女神を切り裂いた。次々に立ちはだかる天使たちをも切り裂いた。幾度も刀を振りかざし切り裂いても終わりなき闇の者共の姿に力も続かない。庭園に続く焼け焦げた部屋まで逃げ延びた。

まだ雨が降りしきっている庭園には何者の姿も見えず、焼け焦げた屍が折り重なり倒れているだけだった。ラファエルは庭園に飛びだした。雨がラファエルの身体をつたって流れる。

大空に向かって大きく羽ばたいたその時、ラファエルは背中にとてつもなく鋭い激痛を感じて地面にたたきつけられた。背後には雨に紛れ、屍に身を潜めていたベルゼブブが、鋭い尻尾をラファエルに突き立てていた。ベルゼブブは身体のほとんどを炎で焼かれ、人の形どころかどの生き物でもない形で尖った尻尾でラファエルを攻め立てた。その異形な塊が裂け、何かを叫んでいる。

「ラファエル！　そなたは知らぬであろうがあの時、俺様はそなたを羨んだ、それと同時にそなたを消し去るのは俺様の使命であると決めていたのだ、ハハハハハ」

ラファエルは全身が痙攣し始めた。ベルゼブブが刺した尻尾から毒を注入されたのだ。口からは泡を吐き白目を剥いていた。ベルゼブブは尻尾を持ち上げ、鉤爪を持った腕をかたち作りラファエルにとどめを刺した。ラファエルは眩い光を発しながら天へと召された。ベルゼブブは勝利に酔いしれ、新たにできた口で高笑いをしていた。

ゲートは不気味な音を立て再び活発に動き出した。

ラファエルの最期の光が天に昇るのを見たラグエルの部隊が庭園に降り立った。そこにはラファエルの羽が一枚残っているだけだった。ラグエルの頬を涙が流れ続けた。光の天使たちの目にも涙があふれていた。

1―4　死闘は続く

宮殿の中から闇の軍勢が、嘆いている光の天使たちめがけて総攻撃をかけてきた。異形なベルゼブブも部屋から飛び出し、ラグエルめがけて突進した。ラグエルを守るべく飛び出した光の天使に、闇の女神たちは怪しげな紋様があしらわれた小袋を出すと中から紫色の粉を振り撒いた。粉は身体にまとわりついた。天使たちはたじろいだが何も起こらない。粉を振り払い、闇の女神たちを斬り捨てたが、斬られた闇の女神たちはなぜか皆、微笑んでいる。

ラグエルは何となく不吉な予感を感じていた。そのラグエルに、闇の軍勢をかき分けてベルゼブブが割って入り、尻尾を振りかざした。ラグエルはベルゼブブの攻撃を刀で受け止め払うと、身構えた。

「なんとも醜き魔物め！」

ベルゼブブは鉤爪で切りつけた。そこに闇天使が切りつけ、ラグエルの額をかすめた。ラグエルは次の攻撃をかわすと、闇天使の首をはねた。鉤爪での攻撃は動きが読みづらく、後ろに下がるしか出来なかった。その一瞬の隙を見逃さずベルゼブブの尻尾がラグエルの腹を刺した。ラグエルの身体は持ち上げられた。激痛が全身を襲う。痛みで歪んだ顔を上げ目を開くと、その目には上空で戦うミカエルとルシファーの姿が映った。互いに一歩も引くことなく激しくぶつかり合っていた。

「何を見ている。そなたの相手は醜き魔物の私だ！」

ベルゼブブはラグエルを床に叩きつけ、尻尾を立て心臓を狙った。ラグエルは朦朧とした意識の中で手放していた刀を探していた。ようやく刀に手が届き刀を握った瞬間、目の前にベルゼブブの尻尾が落ちてきた。後ろを振り向くと、異様な姿で立つベルゼブブの腹から出た口に槍が突き刺さっていた。槍は口から地面にまで達し、悲痛な声をあげていた。切り落とされたベルゼブブの尻尾は地面でバタバタ動いていた。尻尾がラグエルを感じ、飛び掛かった。

ラグエルはその尻尾を残る力を振り絞り、切り裂いた。何度も切り刻み踏みにじると、ベルゼブブを睨みつけた。ベルゼブブに刺さった槍を抜き、無様に開かれた口に松明をねじ込むイブリースの姿が見えた。

「ベルゼブブ！　醜いぞ！　おぞましさを越えて、ただただ醜いぞ」

松明の火がベルゼブブの身体に燃え広がり、暴れ逃げようとする。

イブリースは表情を変える事なくベルゼブブを切り刻んだ。辺り一面にベルゼブブの肉片が飛び散った。肉片は蠅に姿を変えるが、それよりも早く火が焼きつくした。ラグエルは目の前の光景を受け入れられなかったが、傷ついた身体を奮い起こして立ち上がり刀を構えた。

「やめておけ！　今のそなたでは私には勝てぬ」

ラグエルを払いのけ、ルシファーに近づくベリアルを追った。

待ち構えていた闇の天使が一気にラグエルを襲った。ただ刀を振り回して防戦することしかできないラグエルのもとに光の天使たちが降りたち反撃を開始した。闇の天使たちを追い込み、制圧しかけた時、光の天使たちに異変が起きた。突然身体が痺れ身動きできなくなり、肌がただれて白目をむき始めた。

ラグエルに加勢していた光の天使たちが闇の女神の振り撒いた粉に侵され、魔物に変貌してしまったのだ。魔物となった天使たちは戦いをやめ、ラグエルを襲い始めた。反抗も虚しくラグエルは取り押さえられてしまった。生き残った闇の天使たちも加わり、ラグエルは完全に動きを封じ込められてしまった。闇天使たちはラグエルを抱え上げ、無力さを味わわせた。

ラグエルは死を覚悟し、天を仰ぎ、神に祈りを捧げた。降りしきる雨が容赦なくラグエルに降り注ぐ。ラグエルを持ち上げていた闇の天使たちがバタバタと倒れていく。ラグエルは地面に落とされ、辺りを見回した。大粒の雨の中に矢が紛れて飛んできていた。目を凝らし、その先を見るとウリエルと光の天使たちが矢を放っていた。

宮殿の奥からは傷を負ったガブリエルが斧を振り回し、魔物と化した天使たちに突撃した。現状を把握し、ラグエルも立ち上がって反撃に出た。負傷はしていてもガブリエルの力強い斧は魔物と化した天使たちを蹴散らした。ラグエルは忍び寄る闇の女神たちに気づくと慌てて切りつけた。再び粉を撒けないように次々と腕を切り落とした。ウリエルと光の天使がそれに続き、ラグエルを救いながら闇の女神たちを切りつけ倒した。

ガブリエルが先導し、ウリエルと光の天使たちと共に宮殿内を制圧した。宮殿が再び大きく揺れだし、立っていることもできないぐらい激しく揺れた。

ゲートはついに重い扉を開いたのだ。扉はありとあらゆる物を吸い込み始めた。地下の階にある牢獄、大きな果実酒の樽、何もかも吸い込んだ。

広間にもその力は及び、ラグエルをウリエルが抱えガブリエルと光の天使たちも慌てて宮殿の外へと飛び出した。すべての思い出と共に宮殿が吸い込まれ始めた。

2―1　兄弟対決

その光景は刀を交えていたミカエルとルシファーの目にも見えた。

「ルシファー、何を起こすつもりだ!」

ミカエルがルシファーの刃を受けながら問うた。ルシファーは消えていく宮殿を見て、愛したソフィアを思っていた。

「避けろ、ルシファー！」とっさにミカエルが声をあげた。

両者を割ってベリアルが現れた。ミカエルを強靱な翼で弾き飛ばし、ルシファーの首を長い尻尾で縛りつけた。

「ルシファー！　ようやくこの時が来た！　苦しむがよい」

下方からイブリースがベリアルめがけて槍を投げた。ベリアルは槍をかわし掴み取ると、苦しむルシファーの腹に突き刺した。激痛が走りルシファーの表情が歪んだ。イブリースは刀を振りかざすと、ベリアルに突っ込んだ。イブリースの刀はベリアルの胸を突き刺したが、まったく怯むこともなく逆に首を掴まれ、鋭い爪で胸をえぐられた。イブリースの胸からは鮮血が噴き出し、止まりかけていた腹の傷からも血が流れ出した。

ベリアルは胸に刀が刺さってはいたが、気にもとめず尻尾に力をこめると、ルシファーの首を締めつけた。ウリエルと光の天使たちが加勢して一斉にベリアルに矢を放ったが、強靱な翼で身体を守ると、放たれたすべての矢を払い除けた。翼を開き体勢を変え、ウリエル目掛けて飛びついた一瞬の隙をついてミカエルが槍を突き刺した。ルシファーを締めつけていた尻尾の力が緩みルシファーは離され落ちていく。イブリースは傷つきながらもルシファーを追った。

ベリアルは胸からイブリースの刀を引き抜くと、笑みを浮かべながら引き抜いた刀でミカエルを攻めたてた。

それでもウリエルと光の天使たちは諦めず、ベリアルに矢を射るが、すべて弾き返された。ミカエルの振り下ろす刀をかわし、ミカエルの背後を取ったベリアルはミカエルの翼の付け根を掴むと爪を立てひっかいた。痛みで声を荒げたミカエルの首に尻尾を絡めると、ルシファー同様に締めつけた。接近戦に出た光の天使たちの攻撃に対しても強靭な翼で弾き返すと、ミカエルの突き刺した槍を引きぬき、振り回し応戦し斬りつけた。翼を斬られる者、腹を裂かれる者、首を落とされる者……まったく歯がたたない。力の差が歴然としていた。

ベリアルは己の強さに酔い高笑いが出た。尻尾で掴んでいるミカエルに爪を立て攻め続けた。ミカエルは度重なる攻撃を耐えていたが、だんだん気力が失せ、力が尽き果ててきた。

ベリアルは携えていた刀を抜き、ミカエルの額に当てた。その時、上方からベリアルの頬をかすめ、槍を持つ腕に斧が刺さった。ベリアルが慌てて上を見上げると、傷だらけのガブリエルとラグエルがいた。

ガブリエルとラグエルに気を取られている間を狙ってウリエルが近づき、至近距離で矢を放った。落ちていくベリアルをガブリエルとラグエルが掴み、暴れるベリアルを必死で押さえつけた。その瞬間、ウリエルはミカエルを掴んでいた尻尾を切った。尻尾を切られ逆上するベリアルはガブリエルを振り落とし、ラグエルの胸に爪を立てえぐり取った。

ウリエルが狙いを定め、矢を放った。矢はベリアルの額を正確に捉えた。強い衝撃を受け、ベリアルはつんのめったが、不敵な笑みを浮かべ、持っていた槍をウリエルに投げつけた。ウリエルは素早く槍をかわし、矢を構えた。ウリエルがかわした槍はエデンの丘近くに刺さった。

もがき苦しむラグエルを盾に使い、ウリエルの攻撃を防ぎながら、ラグエルに容赦なく爪を立て続ける。ベリアルは腕に刺さったガブリエルの斧を抜き、ラグエルの頭めがけて振り下ろした。

斧はラグエルの頭を砕き、ベリアルは力尽きたラグエルを投げ捨てた。

ウリエルはラグエルが離された瞬間、矢を放ち、ガブリエルは飛びかかった。落ちていくラグエルは眩い光を放ち、姿を消した。

力が尽き果て、落ちていくミカエルをヤハウェが受け止めた。

海辺に落ちて意識を失っていたルシファーが、ようやく目を覚ました。なにやら身体の下に違和感を覚え身体を起こすと、そこには血を吹いて横たわるイブリースの姿があった。ルシファーはイブリースを抱え上げるとイブリースは息も絶え絶えで目も虚ろになっていた。

「ルシファー！　ようやく気がついたようだな」

「イブリース、もしや私を助けるために！」

「私はそなたに忠誠を誓った！　すばらしき君主であった」

「では、まだ私に仕え、共に戦うのだ！」

ルシファーの目に涙があふれた。

「ルシファー、よく聞くのだ。ベリアルはアラディアの闇の力で正式な王となった。そなたと光の天使すべてを抹殺するように洗脳されて、驚くほどの力を得ている。ヤツを倒すことは難しいかもしれないが、宮殿を飲み込んでいる闇に封じ込めることはできるかもしれない」

ルシファーをしっかりと見つめた。イブリースの意識は遠のいていった。ルシファーはイブリースを優しく寝かせ、別れを告げた。ルシファーは上空で光の天使と戦うベリアルを睨みつけると飛び立った。

2―2　カインとセトが力を込めた

エデンの丘で身を潜め、この戦いを女神や村人たちと見ていたカインとセトは、近くの丘に刺さった槍が気になり、こっそり建物を抜け出して取りに行った。美しく輝く槍が丘の岩に刺さっていた。

「兄さん！　僕たちが作った槍だよ！」

「まさしく！　僕たちが作った槍だ！」

二人は槍を引き抜こうとしたがビクともしなかった。諦めず力を合わせ力いっぱい引っ張ったが、やはり動かない。

「兄さん、僕たちだけでは無理だよ。ヤハウェ様にお願いしよう！」

カインも納得し頷いた。

「セト！　後ろ！」

セトの背後から傷だらけで全身血まみれのアザゼルが迫っていた。セトは振り返る間もなくアザゼルに捕まってしまった。

「その槍は俺の物だ！　お前たち人間どもには渡さぬ」

セトの首を掴み、槍のもとまで引きずった。アザゼルは槍に手をかけ、いとも簡単に引き抜いた。魔物の力は人間をはるかに超えていた。アザゼルは槍を掲げカインを睨みつけて言った。

「この人間は連れていく」

アザゼルはセトの首を掴んだまま羽ばたいた。アザゼルの手が喉に食い込み、セトは苦しんだ。カインは近くにあった木切れを持つとアザゼルに立ち向かった。力いっぱいに木切れを振り下ろしたが、あっけなくかわされ、きつい蹴りを食らわされ血反吐を吐いて倒れた。アザゼルは槍をカインに向けた。

その瞬間、辺りに光が差し込んだ。アザゼルが槍をカインの額に当てると、光は槍に降り注ぎ、槍を掴むアザゼルを襲った。激しい痛みが走り抜け、アザゼルはたまらずセトと槍を手放し、倒れこんだ。光は止むことなくアザゼルを襲った。光が当たり地面に叩きつけられ翼も半分焼け落ちた。

苦しむアザゼルの目の前に、一筋の光が射した。光の中に立つヤハウェの姿が現れた。

アザゼルは慌ててセトを再び掴みかけたが、身体が痙攣していて力が入らない。立ち上がることさえ困難になっていた。

「諦めろ！」

大声で言うヤハウェの身体に光が満ち、瞳が白く輝いた。アザゼルは身動きもできず、ヤハウェに身を任せた。ヤハウェはアザゼルの額に手をかざすと光を放った。アザゼルは身体全体が光に包まれ、表情が穏やかになった。

その時アザゼルの胸に槍が突き立てられた。ヤハウェは槍を突き刺す、カインの姿をそこに見た。

「弟を苦しめた者は許さない！」

光は不安定になり、アザゼルの身体は粉々に吹っ飛んだ。カインは急いでセトに駆け寄り抱きしめた。セトの身体は弱りきっていて呼吸も浅かった。ヤハウェはセトの額と胸に手をかざし、祈りを込めた。すると、セトの身体に光が流れ、弱っていた身体が回復し始めた。呼吸も力強くなった。

「ヤハウェ様、セトを助けていただきありがとうございます。もう誰も失いたくはないのです。どうかこの槍で、僕たちの思いが入ったこの槍で、この戦いを終わらせてください」

カインは美しく輝く槍をヤハウェに託した。ヤハウェはカインの思いを胸に刻み、しっかりと受け取った。

2—3　ルシファー（兄）の最期

ガブリエルはウリエルと同時にベリアルを斬りつけた。しかし、またもや強靭な翼で弾き返された。ベリアルは刺さっている矢を抜き、息を吹きかけるとガブリエルに投げつけた。矢はガブリエルの翼を射抜いた。翼の機能を失ったガブリエルは地表へと墜ちていった。ウリエルは慌ててガブリエルを追い、受け止めたが、ベリアルはそれを狙っていた。

ウリエルの背後からそっと追ってきたベリアルは、ガブリエルを抱えて無防備なウリエルに飛びかかった。鉤爪でウリエルの背中を引き裂き、翼もへし折り跳ねのけると、ガブリエルの腹をも鉤爪を立て切り裂いた。激痛が走るもウリエルはガブリエルをしっかりと抱えて離さなかった。

「ウリエル！　俺を離すのだ！」

ウリエルはガブリエルに微笑んだ。

「ベリアル！　私は逃げぬ！　さあ、とどめをさすのだ！」

ベリアルは体勢を入れ替え、再びウリエルを襲った。

「お望み通りに！」

ベリアルが鉤爪を振り上げた瞬間、ベリアルの後方からミカエルが強靭な翼の隙間を狙って再び刃を突き刺した。ベリアルは驚きと怒りで憤怒の形相に変わり、振り返りざまにミカエルの頬を斬り裂いた。後ずさりするミカエルを払い除け、とどめを狙った。

ベリアルの目の前で漆黒の翼が羽ばたいた！　ルシファーが現れ、ベリアルの首を狙って大刀を振り下ろした。ベリアルは避け切ることができず、首をはねられた。頭は驚きの形相を浮かべたまま青い海へと落ちていった。しかし身体は落ちることもなく、翼も強く羽ばたいている。ウリエルは思い出して叫んだ。

「これはベルゼブブと同じ！　ルシファー、罠だ！」

ベリアルは自分に刺さっている刀を抜いて手に持ちかえ、困惑するルシファーの腹を突き刺した。ルシファーは大刀をかざして応戦するも、強靭な翼で弾き返され、抑え込まれた。すると、ベリアルの身体が変形を始めた。胸が横に裂け、大きな目が現れた。さらに腹も大きく裂け、口が現れた。その口は高笑いを始めた。

「その声はアラディアか！」

「ルシファー！　そなたを許さぬ。我が愛しきソフィアを無残にも殺し、我が息子ベリアルの首もはねるとは。そなたを切り刻み、屍を地獄の炎で焼き尽くし、魂は闇の世界に封じ込めて、永遠に痛めつけてやる！」

アラディアは動けぬルシファーに再び刀を突き刺した。刀はルシファーの背中から胸にかけ深々と刺さり、刃が飛びでた。ミカエルが刀をかざして攻めようとするも、アラディアは大きく強靭な翼を広げて、攻め込む隙を与えない。アラディアは怪しげな呪文を唱えた。宮殿を呑み込んだゲートが再び開き、ミカエルたちを吸い込み始めた。その威力は強く、生き残る闇の天使や女神たちも、さらには光の天使たちも吸い込まれてゆく。岩や木に掴まり必死に抵抗し続けていたミカエルが吸い込まれた勢いでアラディアに飛びつき背中に刀を突き刺した。

「ミカエル！　無駄だ。そなたも共に闇へ落ちるがよい。ハハハ」

アラディアの口は背後を向き、刀を突き立てるミカエルを咥《くわ》えた。

「光の神よ、私の勝ちだな、ハハハ。そなたの子ルシフェルとミカエルは戦利品としてもらっていくよ。ハハハ」

ゲートがすべてを呑み込んだ。光も闇も関係なく、すべての天使や女神を呑み込んでいく。ルシファーの瞳が真紅に輝き、表情が険しくなった。

「ミカエル！　この地球の未来、人間たちの未来を頼んだぞ！　愚かな兄を許せ！」

ルシファーは腹に突き刺さった刀を抜き、アラディアのぎらつく目を突き刺した。

「アラディア！　そなたの野望は消えうせる！　我こそが光と闇の力を持つ王・ルシファーなり！」

アラディアはルシファーの姿に凶暴で強靭な力と安らぎと優しき愛を見た。驚異的に広がるその力を感じ恐怖が全身を襲った。アラディアの震える腕を取り、ルシファーは微笑んだ。

「私が怖いのか？　闇の神が？」

ルシファーは微笑みを崩すことなく、アラディアの腕を引きちぎった。永遠に続く恐怖がアラディアを満たした。ミカエルを咥えていた力も失い、ミカエルは転がり落ちた。ルシファーはアラディアを掴み、ゲートに押しつけた。

「今後そなたの行く末を私が見届けよう！　闇の底でな！」

ルシファーはアラディアを強く抱きしめた。自分の胸から飛び出した刀の先をアラディアに深々と刺し込むためにルシファーは大声をあげゲートにぶち当たった。アラディアはルシファーの下敷きとなり身動きできなくなったが、それでも激しく抵抗した。

「何をするのだ！　ルシファー！」


雨が止んだ。エデンの丘から光り輝くヤハウェがミカエルを抱えると大きく羽ばたき高く舞い上がった。

「ミカエル！　これを！」

ヤハウェはカインとセトから受けとった黄金色に輝く神の槍をミカエルに手渡した。

雷鳴が轟いた。稲妻がいたるところに放たれた。その稲妻の中にルシファーは安らぎを感じていた。

「我が父よ！」

ルシファーの雄叫びと同時にミカエルは槍を掲げた。散らばり落ちていた稲妻がミカエルの槍に一斉に集まった。

「ミカエル！　今だ、その槍を投げろ！」

「兄さん！」

振り返ってミカエルを見るルシファーの顔は、優しい兄ルシフェルの顔だった。

槍に集まった稲妻にヤハウェは手をかざし、自らの光をも放出した。

涙をためながらミカエルは槍をルシファーに投げた。最大の稲妻が槍に放たれた。

「ミカエル！　今です！」

「やめろ！」

アラディアの断末魔の叫び声だった。槍はルシファーを射抜き、アラディアをも突き刺し、ゲートに突き刺さった。槍はなおも光を放ち、アラディアの叫び声が響き渡る。ゲートは地中へと沈み出した。果てしなく深く、音も光もない冥界まで落ちて、光の神の刻印が刻まれ封印された。いつまでもアラディアを離すことなく、ルシファーが冥界の扉の鍵を守っている。

稲妻が幾度か放たれ山々が崩れ、冥界の上には土砂が崩れ落ち、大きく開いていた穴がふさがれた。ゲートは完全に姿を消した。その大地の上に天から大きな岩が放たれた。

アラディアの野望は果たされることなく終わった。

3―1　天使の羽で編んだ二つの首飾り

ミカエルたちや生き残った光の天使たちはエデンの丘に戻り、手当てを受けていた。傷を負いながらもミカエルはゲートの鎮まる岩山を眺めていた。闇に洗脳され敵となった兄ではなく、最期に神の意思を持ち、自らの手で闇を封印した兄を、最後まで信じることができなかったこと、多くの仲間が命を落としたことを嘆き、大きな悲しみを抱えていた。

そんなミカエルを気遣うように、カインとセトはミカエルのそばに寄り添っていた。

海辺にいたラジエルとガイアもエデンの丘に戻り、悲しみに打ちひしがれていた。

丘の近くで祈りを捧げていたヤハウェが皆のもとに戻ってきた。

「神がお越しになります」

冥府を照らし、安らぎと癒やしを与える光が照らされると光の神が降臨した。

「ミカエル！　そしてすべての我が子たちよ。アラディアの邪《よこしま》な闇を封印することができたことを誉め称えよう。新しき正しき闇が月の光と共にこの地球を照らし、安らぎを与え、生命を芽生えさせた。これからはこの地球をカインやセト、それにこれから増えるであろう多くの人間たちに託すことにする。太陽と月が導く美しき世界となるであろう、さぁ、我が子供たちよ、時間《とき》が来た。天界に帰るのだ」

心地よい眩い光がエデンの丘を照らし始めると女神や天使たちは、一人また一人と眩い光に包まれるように入っていった。

ミカエルとガブリエルとウリエルが各々の羽根を抜いてヤハウェに手渡した。ヤハウェはその羽を編み、二つの首飾りを作り、首飾りに手をかざし、光を当てた。皆の羽は美しく輝くクリスタルで覆われた。ミカエルがその首飾りをカインとセトの首に優しく掛けた。

「これには私たち天使みんなの力、知恵、愛が詰まっている。姿を消したサタンやアモンがこれから先、カインとセトを襲うかもしれない。その時このクリスタルが守ってくれるであろう」

カインとセトは首に掛けられたクリスタルを見つめた。とても美しい輝きを放っている。

二人はミカエルを思いっきり抱きしめた。涙がとめどなくあふれでてきた。カインとセトはガブリエルやウリエルやヤハウェにも、大粒の涙を流しながら抱きついた。

3―2　天使や女神ら、天界に還る

「ラジエル、ガイア、そなたたちはどうする?」

「私はこの地球に残ります。翼を落とされ天使としての力も失いました。これからはカインやセト、人間たちの父となります」

「私もこの地球に残ります。ラジエルと共に生きていきます」

ミカエルは笑顔で頷き、幸せそうな二人を見つめた。

「この地球の父であり母であれ　神が創造された始まりのアダムとイヴとして……」

光の天使や女神がすべて光に包まれ天界へと帰っていった。

ウリエルはカインに弓矢を手渡し強く抱きしめた。ガブリエルは涙をこらえ、セトに斧を手渡し抱きしめた。ミカエルは携えている二本の刀を取り、ラジエルに託した。

「彼らが必要になった時に渡してくれないか？」

ラジエルは大切に受け取り、込みあげる感情を抑えた。

「私とルシフェルの魂を頼む」

光の天使や女神たちが優しい光に包み込まれ、エデンの丘にはミカエルたちだけとなった。

「後は我々だけです。さあまいりましょう」ヤハウェが優しく告げた。

ミカエルたちにも優しい光が照らされると光に包み込まれた。光の天使たちは天界へ昇っていった。夜空には満天の星が広がり、エデンの丘に残った人々はいつまでも美しい星空を眺めていた。

3―3　蠢き始めた魔物たち

アモンはソドムの街の酒場で新たな酒をあおっていた。

酒場のドアが開き、火傷を負った紳士と悲しい瞳の淑女が入ってきた。

「お帰りなさい、サタン様」

ソドムは多くの半人半獣で埋めつくされ、新たなる世界が始まっていた。

人間たちも洗脳され続け、恐怖に慄きながら生きている。

離れた場所に巣くう魔物からはおぞましい命が産まれ続けている。ひどく火傷を負った紳士がカウンターの椅子に腰を掛け、しゃがれた声で呟いた。

「アモン、待たせたな」

サタンの高笑いがソドムの街に響いた。


青く輝く美しい海の中でも異変が起こっていた。

海底に沈むベリアルの頭に、魚たちが群れをなして集まっていた。頭から何やら魚の好む匂いが出ていて海に漂い、魚たちを呼び寄せていたのだ。

ベリアルの目が開き、群がる魚たちに噛みつき、生気を吸い始めた。ベリアルは何匹も何匹も魚に噛みつき、生気を奪い続けた。

辺り一面を魚の死骸が覆いつくし始めた時、ベリアルの頭は動きを止め、ガタガタと震えだすと頭に亀裂が入り、やがて二つに裂けた。各々が再生を始め、半分になった頭から小さな腕と足が生え、独立した小さな生き物となった。その生き物は陸に這い上がると高笑いをあげた。

END

〈参考文献〉

中村明子『ビジュアル図解　聖書と名画』西東社、２０１６年
吉永進一監修・造事務所編著『「天使」と「悪魔」がよくわかる本　ミカエル、ルシファーからティアマト、毘沙門天まで』ＰＨＰ文庫、２００６年

〈著者紹介〉
八百原起也（やおはら たつや）
1967年12月大阪生まれ。

このお話の中には、今を生きるための必要なメッセージが込められています。
この物語を感じてみてください。

Angel Story
もう一つ《ひと》の創世記《そうせいき》

2025年3月11日　第1刷発行

著　者　　八百原起也
発行人　　久保田貴幸

発行元　　株式会社 幻冬舎メディアコンサルティング
〒151-0051　東京都渋谷区千駄ヶ谷4-9-7
電話　03-5411-6440（編集）

発売元　　株式会社 幻冬舎
〒151-0051　東京都渋谷区千駄ヶ谷4-9-7
電話　03-5411-6222（営業）

印刷・製本　中央精版印刷株式会社
装　丁　　弓田和則

検印廃止

ISBN 978-4-344-69232-9 C0093
幻冬舎メディアコンサルティングＨＰ
https://www.gentosha-mc.com/